—

Podanie o miłość

Tej samej autorki polecamy:

Upoważnienie do szczęścia

Katarzyna GROCHOLA

—

Podanie o miłość

Prószyński i S-ka

Projekt okładki
i stron tytułowych:
Mirosław Adamczyk

Redakcja:
Jerzy Kwaśniewski

Redakcja techniczna:
Jolanta Trzcińska

Korekta:
Jadwiga Piller

Łamanie:
Ewa Wójcik

ISBN 83-7337-498-1

Wydawca:
Prószyński i S-ka SA
02-651 Warszawa, ul. Garażowa 7

Druk i oprawa:
Drukarnia Naukowo-Techniczna Spółka Akcyjna
03-828 Warszawa, ul. Mińska 65

*Dorotce i Pawłowi
oraz tym, którzy chcą kochać*

Niedziela

Poniedziałek przypominał miejsce przy potoku, wtorek miał wygląd starej szopy, w której przechowywali narzędzia, środa była ciężka, czwartek szary, a piątek mglisty. Sobota wyglądała jak gotycka wieża kościelna. Niedziela zaś była niebieska. W niedzielę niebo było bezchmurne. Nawet jeśli padało, niedziela była dniem, kiedy można było poza te chmury na chwilę wyskoczyć. A jak tam było pięknie!

W niedzielę pamiętało się, że ponad chmurami jest słońce. Księżyc. Gwiazdy. Niedziela była święta. Niedziela nie dzieliła ich na pół. Niedziela z dwóch kalekich ciał tworzyła jedno. Kochał niedziele. Poranny sobotni autobus tak naprawdę wiózł go od poniedziałku do niedzieli.

Dla niego cały tydzień był podróżą. Od wczesnych godzin rannych, w poniedziałek, kiedy się budził na ostry dźwięk syreny i zimną wodą spryskiwał twarz. Zgnieciony kawałek chleba do torby – i do roboty.

W kamieniołomach zdejmował koszulę, starannie układał w skostniały kwadrat, i chował do torby, ale przedtem wyjmował kawał chleba i butelkę wody, odstawiał to pod ulubiony duży kamień, gdzie zawsze był cień, wieczny cień i zielony wilgotny mech, woda tu schowana była dłużej chłodna.

Lubił kamienie.

Były jak żywe. Nie znał ich nazw, ale wyczuwał pod kilofem łagodną miękkość jednych, niezdecydowaną kruchość innych, oporną moc tych ciemnych, od których jego kilof pękał i trzeba się było natrudzić, żeby taki głaz obłaskawić. Przecięte czerwonymi żyłkami marmury wzruszały go. Prawie płakał, kiedy jego ostre narzędzie próbowało wedrzeć się do ich wnętrza. Z niepokojem patrzył na pękające głazy. Z lękiem, jakby w granicie ukryło się mięsiste, prawdziwe serce. Był przekonany, że w końcu spod jego kilofa spłyną krople krwi, i cieszył się, że dotychczas to się jeszcze nie zdarzyło. Nie było na świecie takiego kamienia, którego nie mógłby obrobić. Był najlepszy. Pręgi, nitki, żyły, cienkie linie i grube wstęgi, plamy i mieszanki kolorów, przezroczyste i matowe, kruche i mocne, miękkie i twarde – wszystko kruszyło się pod jego mocnymi uderzeniami. Kamienie trzeba kochać, żeby móc je ranić jak najmniej. Trzeba wiedzieć, gdzie przebiega ta granica, w którą należy nieraz sto, tysiąc razy lekko uderzyć, żeby nagle, jak olbrzymie wrota, kamień się otworzył. Otwierał kamienie. Taka była jego praca. Te mniejsze kawałki, które wzruszały go bezbronnością, bo tak łatwo mógłby je zmiażdżyć, poruszały w nim tęsknotę i chęć ocalenia. Zbierał je delikatnie, poranione, ostre odpryski i przynosił do siebie, do baraku. Stały przy nim w nocy, jarząc się w ciemności. Omalże czuł, jak oddychają, gdy tylko ciężki sen podcinał mu mięśnie. Tylko dlatego, że już nie miał siły się ruszyć, że ciężar zmęczenia tak bardzo przytrzymywał powieki, nie zobaczył nigdy ich pulsującej zbroi. Ale wiedział, że one są mu wdzięczne za to, że je uchronił od przemiału. Uchronił? Czy aby na pewno?

Ostry kilof ranił. Zagłębiał się w nie. W niektóre miękko i powoli, jak w ukochaną kobietę, niespiesznymi ruchami, ale ze zdecydowaną siłą, jeszcze raz i jeszcze raz, i jeszcze. Do samego końca. Kilof błyskał w górze złotym odbiciem słońca i opuszczał się dziesiąty, setny raz. Pot spływał mu po piersiach słonymi strużkami, żłobiąc opalone ciało. Podnieść, uderzyć, wedrzeć się, zwyciężyć. Kiedy kamień pękał, odczuwał czysto zmysłową przyjemność, napięcie ustępowało miejsca odprężeniu. Odkładał kilof i zgrubiałymi rękami dotykał kamienia jak mężczyzna dotyka kobietę po spełnieniu. Delikatnie gładził równe krawędzie, zamykał oczy i chłonął ich zimny dotyk. Czasem pchnięcia musiały być ostre i gwałtowne, każde wydawało się ostatnie, niecierpliwie łupał brzegi, jak pies targający brudną szmatę. Lecz wtedy nie był zadowolony. Otwarty kamień irytował go, że oto już jest po wszystkim. Ale to stawało się przez niego. A pękający kamień jęczał echem metalu, póki głucho nie odetchnął po raz ostatni, otwierając bezbronny środek.

Dni upływały mu na otwieraniu kamieni. Taka praca. Cały tydzień uderzał, rozbijał, niszczył, obnażał. Okruchy były wywożone gdzieś w niewiadomym kierunku, ale to już go nie obchodziło nic a nic.

Podnosił kilof setki razy w poniedziałek, wtorek, środę, w czwartek wokół zaciśniętych ust pojawiała się zapowiedź radości, od czwartku było już parę godzin do piątku, a w piątek można było powiedzieć: jutro jadę. Jutro jadę do domu. Będę w niedzielę w domu.

Rozklekotany autobus przyjeżdżał w sobotę, przedzierał się przez góry, jęcząc i dysząc. Charczał silnik, tłumik pluł. Najmilsze dźwięki na świecie w sobotę będą go wieźć do domu. Tym razem na pewno. Tam na niego czekała miłość.

Odłupany blok granitowy domagał się obróbki. Napluł w dłonie i podniósł swój kawałek słońca wyżej. Mignęła stal, głucho uderzyła w kamień. Mężczyzna uśmiechnął się. Lubił wyzwania. Kamień musiał się poddać.

*

Słodkawy smak jego potu obejmował jej piersi, rozpuszczał się i przenikał przez skórę aż do środka, aż pod.

Ciało dało pierwszy znak. Znak, że już nadchodzi. Że pierwotne rozpoznanie następuje przed świadomością czy decyzją. To ono wydaje zgodę. Zaczęło od lekkiego niepokoju, tam, niżej niż... I skóra zrobiła się na lewą stronę. Chroniona zwykle wiecznym zakazem, teraz nagle obnażona jednym mocnym zerwaniem wierzchniej warstwy, kiedy jego ręce przyciągnęły jej łopatki. A między nimi był zamek błyskawiczny i on właśnie pękł, rozerwał się i wypłynęło, uwolniło. No więc, skóra najpierw.

I uszy.

Robią się za duże, o wiele za duże. Robisz się słuchem. Poskręcana muszla ucha prostuje zwoje, a każde pół słowa przedostaje się przez ciemne korytarze bezpośrednio do błony, i każdy ruch powietrza jest powielany i zwielokrotniany, każde niedopowiedzenie i brak tchu nawet odbija się echem. Bicie serca wraca podwójnie, oba bicia nakładają się, i ucho zaczyna żyć niezależnie od reszty.

A smak też już nie ten.

Pomarańcze są pomarańczowe w ustach i ten kolor spływa do miejsca, skąd się wszystko zaczęło, skąd przyszła zapowiedź i zgoda. Język smakuje i odróżnia drobne kawałki miąższu, oddziela mniejsze drobiny, przerywa przezroczystą błonę między nimi, odkrywa kroplową pomarańczowość, która pęka pod jego dotknięciem i niezmierną słodyczą obmywa wnętrze ust.

Pachniesz pomarańczową namiętnością.

Uda rozsuwają się bez twojego rozkazu, idą naprzeciw pragnieniu. Twój początek miłości, nienasycony dotykiem innego ciała, jest falą. Fala delikatnie obmywa narastające pragnienie, już, już, już. Ale jeszcze nie. Obnaża ukrytą tajemniczość, oddaje w niewolę, tęskni coraz bardziej, a serce ukrytym rytmem pomaga nie umrzeć teraz jeszcze, spieszy ci na pomoc coraz szybciej.

Drżysz, bo oto anioł wilgotnym skrzydłem pieści twoje uda, przygotowując cię na rozkosz, której nie zatrzymasz, która stanie się poza twoją decyzją. Już nie obronisz swojego pragnienia, już umknęło twojej kontroli, już widać je jak na dłoni, to pragnienie, co je chciałaś ukryć, ale on przyjmuje ten dar jak naturalne piękno stworzone przez jego namiętność, nie musisz bronić niczego, bo danina raz złożona wraca do ciebie dziesięciokroć w pulsującym rytmie rozkoszy. I ta fala coraz jest większa i wynosi cię coraz wyżej, ale nie wiesz, gdzie cię zostawi. I kiedy już nie możesz o tym myśleć, bo ty jesteś tą wodą i on jest jej brzegiem, staje się światłość.

I już wiesz, że to, co się dzieje, jest jak otwarcie drzwi, do których kołatałaś latami na próżno, a były cały czas otwarte, wystarczyło po prostu wejść, i wiesz, że to nie obce drzwi, ale drzwi do twojego domu.

To już wiedziała. I czekała na niego cierpliwie przez te miesiące, które on rozbijał na kamienne dni, na dni odmierzane kamieniami do obrobienia.

Samotnymi nocami tęsknota robiła z nią, co chciała. Jaśniejące nad ranem niebo wchodziło do sypialni, a ona, przewracając się na drugi bok, dotykała ręką swoich piersi, a skóra parzyła ją jak obca. Podnosiła się z łóżka i zimną wodą przemywała twarz. Świt zaskakiwał ją w kuchni, pochyloną nad dębowymi deskami stołu, szorowanego parę razy na tydzień wodą z mydłem.

Do niedzieli tak daleko. Dla niej tydzień miał kolory osobne, poniedziałek, wtorek, środa, czwartek, piątek i sobota były bladym świtem, białym światłem, dopiero niedziela to światło rozszczepiała na wszystkie kolory tęczy.

Każdy niedzielny ranek rodził ją na nowo. Włosy zaczynały żyć swoim życiem. Spleciony przez tydzień warkocz oddychał nareszcie swobodnie i wypuszczony na wolność mienił się na plecach jak arkusz srebrnej blachy. Oczy powiększały się, i w środku pojawiały się krople rtęci. Ramiona unosiły ciężar rąk z takim wdziękiem, że ptaki zatrzymywały się nad nią w locie, dziwiąc się, co też taka kobieta robi na ziemi. Jak lekko niosły ją ciężkie w tygodniu nogi na spotkanie mężczyzny jej życia! Powietrze, chłodne rankiem, wchodziło w jej płuca ożywczym tchnieniem. Przepełniała ją miłość. Miłość do siebie, do niego, do autobusu, który zepsutym tłumikiem zapowiadał mocny uścisk jego ramion. Tak musiało być. Ich życie składało się z niedzieli. Tak było zawsze. Nie mogło być inaczej. Pogodziła się z tym tak dawno te-

13

mu, że nie próbowała nawet mieć pretensji do losu. On pracował, a ona czekała na jego powroty.

*

W sobotę obudził się wcześniej. Dużo wcześniej. Granitowy blok był twardy i nie poddał się wczoraj tak lekko. Ale przecież kamień nie może czekać. Dlatego wstał wcześniej i ruszył do kamieniołomów.

Na wszelki wypadek, gdyby coś się stało – oczywiście ani przez moment w to nie wierzył – zostawił kartkę. Z prośbą o przekazanie żonie, gdyby. „Gdyby" nie mogło się stać, tym razem na pewno nie – granit podda się przed upływem dwóch godzin najdalej. Pisał kartkę szybko, parę słów. Kocham Cię, miła, to tylko tydzień, wybacz.

Na pewno zdąży wrócić przed odjazdem autobusu. To jedynie parę uderzeń. Wierzył w to. Wczoraj po południu granit już się zarysowywał. Może zresztą to tylko zachodzące słońce... Ale był pewien, że to nie potrwa długo. Autobus przyjedzie dopiero po południu. A on nie może zostawić tego bloku do poniedziałku. Poradzi sobie z nim.

*

Patrzyła na zegarek. Wskazówki wolno przedzierały się przez okrąg tarczy. Za wolno.

Słońce podnosiło swoją twarz na niebie również za wolno.

Aż wreszcie nadszedł czas. Narzuciła na ramiona chustę, tę, którą tak bardzo lubił, i przygotowała się do wyjścia.

Wyszorowana podłoga lśniła, zapach gotowanej kapusty ukradkiem sączył się z dużego garnka, w piekarniku czekał kawał mięsa, pieczony jak zwykle na jego przyjazd. Była gotowa. Zamknęła za sobą drzwi i wyszła na ulicę.

Pilnowała się, żeby nie przyspieszać kroku. Nogi nie chciały jej słuchać, szły szybciej i szybciej, tak jakby jej bieg miał wpływ na autobus, jakby mógł przyspieszyć spotkanie.

Miała przed sobą całą niedzielę. Niedzielę z ukochanym. Wyczekaną niedzielę. Nareszcie. I jej oczy błyszczały rtęcią, a ramiona tęskniły. Skóra różowiała. A sąsiedzi spotkani na ulicy uśmiechali się.

Autobus zjeżdżał z gór. Dzień był pogodny i widać było z daleka, jak jedzie, jak jedzie za wolno na jej czekanie. Stała cierpliwie, co rusz podnosząc oczy tam, w górę. Za chwilę zniknie i pojawi się tuż-tuż, zakręt zasłaniał drogę. Autobus wyłonił się nagle, klekocząc. Serce jej zadrżało. Stała nieporuszona, jedynie jej oczy robiły się większe. Bardziej uważne.

Mężczyzna w ciemnej koszuli, którego już znała z widzenia, zbliżał się do niej powoli. Za szybko. Nie odwróciła jednak wzroku od drzwi autobusu, ale wszyscy już wyszli.

Wyciągnął do niej rękę. Bez słowa.

Wzięła od niego małą kartkę papieru i nie patrząc na treść, stuliła w dłoni.

A potem odwróciła się i poszła do domu. Kocie łby pod nogami śledziły ją aż do samych drzwi. Sięgnęła po klucz i otworzyła je. Podłogi lśniły. Garnki stały na kuchni.

Otworzyła drzwi do sypialni. Wykrochmalona pościel pachniała. Podeszła do komody i otworzyła szufladę. Dopiero wtedy rozprostowała pieczołowicie mały kawałek papieru. Tarła go dłonią i uklepywała, żeby się wyprostował. A potem włożyła go do szuflady, z prawej strony, na kupkę takich samych karteczek, i zamknęła szufladę.

Kolorową narzutą nakryła łóżko.

Weszła znowu do kuchni i siadła przy stole.

Do następnej niedzieli przecież tak niedaleko. Jeszcze tylko sześć dni.

Kot mi schudł

Bo, panie doktorze, kot mi schudł. On już jakiś czas tak wygląda, ale ja się zbytnio tym nie przejmowałam. W życiu jest tyle ważniejszych rzeczy niż kot. Kot. No i cóż, że kot? Myślałam, że mu nic nie jest. Mam sąsiadkę, ona strasznie panikuje. Byle co się zdarzy i od razu biega po ludziach, a to się żali, a to rady szuka, a w życiu przecież to sami sobie zawsze musimy radzić. I ja tak patrzyłam, je, to je, nie je, to nie je, a niech nie je, przecież z głodu nie zdechnie. Nie histeryzuję od razu jak Halinka. Jej wystarczyło, żeby pralka wylała, i od razu aż szkoda gadać. Cały pion musieli zamknąć. Dla tylu ludzi, z powodu jednej głupiej pralki. No ile tam wody wchodzi? Dwadzieścia, trzydzieści litrów? Nie więcej. No, może trochę mniej.

Pamiętam dobrze tę wodę, bo Staś (to mój mąż) wrócił z pracy, ani umyć rąk, ani nic. Ja ziemniaków nie zdążyłam zalać, tylko co obrałam i obtoknęłam nad zlewem, a Staś to się wtedy zezłościł. Na mnie, bo najbliżej byłam.

Taka złość go chwyciła, że od razu drzwiami rąbnął i dopiero nad ranem wrócił. A czy to moja wina, że ziemniaki niegotowe były, bo wodę zakręcili? Ale człek zmordowany ani pomyślał, ani nic, tylko od razu drzwiami prasnął. Czy to moja wina? Nie. Choć to dobry człowiek. Tylko że się zdenerwował.

Ale temu kotu to jakby tak smutniej z pyska patrzało. Nalewam do miseczki mleka, a on nic. Co jak co, ale mleko to zawsze w domu musiało być. Staś, znaczy mąż mój, to rano kawę z mlekiem pije. I nie daj Boże, żeby tego mleka zabrakło. Raz zabrakło i się wtedy nauczyłam, że nie wolno, żeby zabrakło. Bo Stach ciężko pracuje i nerwy mu czasami puszczają.

Puściły mu przy tej kawie. Bez mleka. Ale on naprawdę nie jest zły. Więc mleko, to się przyzwyczaiłam, zawsze jest i rano kotu leję. Pił. A teraz ostatnio już zsiadłe wylewam. Z piąty dzień już tak wylewam. A rano patrzę, on chudy taki, jakby schudł ostatnio. Ale ja też głowy nie miałam, żeby się przyglądać wcześniej. Zwierzaki to o siebie dbają najprędzej. Mówię nawet do siostry – patrz, chyba Burasek chudy się zrobił. Stachowi jakbym powiedziała, toby się od razu do krzyków wziął.

Jak Burasek był jeszcze malutki, to tak patrzyłam i mówię do Stacha – patrz, on nieduży taki, a Stach, że na cholerę kota do domu przynosiłam. Że jak kot najważniejszy, to on sobie pójdzie. I poszedł. Ja nie mówię, żeby mężczyzna sobie nie wypił. Grzech to nie jest. Wiadomo, pracuje. I ja tam nie osądzam ani żalu nie mam. Ale przykro mi się zrobiło, bo Burasek rzeczywiście, panie doktorze, malutki był. A Staś wrócił wieczorem, tylko się w przedpokoju rozbijał, to ja się podniosłam, szybko Buraska do kuchni, bo alkohol to z niego innego człowieka robi. Znaczy ze Stacha, nie z kota. Koty to takie spokojne stworzenia. Takie milusie. Puchate. A Stach jak za dużo wypije, to kota kopnąć, za przeproszeniem pana doktora, potrafi. Że niby zarazki roznosi, jak na łóżku leży. Jakie tam zarazki. Ja tobym życzyła sobie, żeby on taki czysty był jak ten Burasek nasz kochany. Nikt nie widział brudnego kota. A Stachu to z buciorami do wyra, aż muszę sobie tapczan drugi rozkładać, tylko po cichutku, żeby go nie urazić, bo krzyczy od razu. Co krzyczy? Ano różnie, brzydkie wyrazy nawet czasami. Ale on z biedy krzyczy, że taki opuszczony, że ja wolę sama spać, że go już nie kocham. To ja mówię, kocham cię Stasiu, kocham, tylko brzuch mnie tak boli, nie chcę ci przeszkadzać. No to on albo się uspokoi, albo i nie. Najważniejsze to go nie zdenerwować. Bo jak on zdenerwowany, to nad sobą nie panuje. I potem mi przykro, że go musiałam zdenerwować, że aż mu nerwy puściły. Jakbym twarzy nie otwierała, toby nic nie było. Nie żeby często. Często to nie. Ale czasem. Stachu mój to dobry jest, panie doktorze, naprawdę, tak mnie jakoś na mówienie wzięło i może jeszcze wyjść, że ja na niego narzekam. A ja nie narzekam, Boże broń. Człowiek to sam sobie życie psuje. A tu trzeba się cieszyć każdą chwilką, bo ona ulotna jest bardzo.

Jak Buraska zobaczyłam w piwnicy, takie to malutkie było, to aż krzykłam. Bo on do szczura, panie doktorze, był bardziej w podobie. Ale zakwilił, myślę sobie, nie szczur. Podchodzę, a to kotek malusi. Jak mały szczur. To go wzięłam najpierw, wiadro z węglem zostawiłam, kotka szybko wzięłam, nawet nie podrapał. Do mieszkania kotka, żeby nie uciekł, a potem dopiero szybko po węgiel. Rozpaliłam pod kuchnią, nagrzałam wody, umyłam go dobrze, taki maluni był, że nawet nie drapał. I chudziutki jak teraz. Mleka nagrzałam, bo mleko to zawsze mam. A on nawet pić nie chciał. Jak Stach przyszedł z roboty, to go schowałam, tak żeby później powiedzieć, że mamy kotka. Ale Burasek miauczeć zaczął, Stach się zdenerwował – żadnych zwierząt w domu, krzyczał. Brud tylko, krzyczał, ale ja twardo powiedziałam, kota nie wyrzucę, bo sam Pan Bóg mi go dał.

Cicho, cichutko, mały. Pan doktor to cię tylko bada. Pan go tak tu nie naciska, bo on chyba żebra ma zwichnięte. To jak mówiłam, kopnął go. Ale to było na wiosnę. Niechcący mu pod nogi wpadł. Znaczy kotek. A Stachu go niechcący butem tak, o. To leżał potem Burasek, ani się ruszył. Już myślałam, że po kocie. Ale wyzdrowiał. Kot to mocne stworzenie. A Stach mówił, jak go przyniosłam, albo ja, albo kot. I wtedy ja chyba pierwszy raz to powiedziałam – nie, Stachu, dzieci nie mamy, ja całymi dniami na ciebie czekam, nie żebym coś naprzeciw miała, bo ja się cieszę, że czekam na ciebie, ale sama jestem, ludzi nie widzę, ja to stworzenie będę chować. No to on się obraził, obiadu nie zjadł, na piwo poszedł. Z kolegami. To dopiero nieszczęście z takimi kolegami. Ty się z kotem nie równaj, Stachu, powiedziałam jeszcze, bo to niemądre. Żoną twoją jestem tyle lat, zawsze jest tak, jak mówisz, bo ty głowa rodziny, ale kotek musi zostać. I wyszedł. Myślałam, że on, znaczy Stachu, się przyzwyczai. Pomalutku, pomalutku, nie na siłę, to się polubią. Bo mój Burasek takiej poczciwości zwierzątko. Burasek to dlatego, że tu, widzi pan, ma takie bure, pod brzuszkiem i na zadku. Dziwne, nie? Takie niespotykane u kotków, no to Burasek taki dobry był. Ani pazurków nie wyciągał na mnie, futerko mu się zrobiło takie mięciusie, a co ja się go nagłaskałam, naprzytulałam, jak Stach do roboty poszedł. A on chodził za mną krok w krok. Ale wieczorem to się koło pieca kładł i jakby go nie było. Tylko w nocy do łóżka przychodził, jak Stacha gdzieś poniosło. I tak tu koło mojej szyi leżał. To przecież nie może być prawda, że taki kot chorobę jakąś da człowiekowi.

Ja to od razu lepiej się czułam. A przecież i na rękę narzekałam, na pogodę to mnie rwie. O tutaj, tak z tej strony, aż do góry. Na deszcz. Upadłam kiedyś i o piec walnęłam. Stachu mnie popchnął, bo jak go zwolnili ze stolarni, tej, co wtedy tam pracował, to wrócił na gazie. To nie wiedział, co robi. Ale miałam kłopotu.

Z jedną ręką trudno dom obrobić. Jakie on wyrzuty miał! A potem to krzyczał, ty specjalnie udajesz, że boli, bo skurwysyna, za przeproszeniem pana doktora, chcesz ze mnie robić! Udawałam, że nie boli, bo człowiek jest od przebaczania, a nie od pamiętania. Jak się mężowi nie wybaczy, to komu? Temu kotowi?

No to jak ta ręka mnie rwała, trudniej mi było robić. A Stach wolał, jak się uśmiechałam. No i pewnie. Ale jak Burasek mi się przyłożył, to dobrze mi się robiło na ciele i na duszy też.

Człowiek potrzebuje czasem do przytulenia takiego zwierzaczka. Może jakbym dziecko miała, to inaczej na tego Buraska bym patrzyła. Ale ja zaciążyłam od razu po ślubie, Stachu to się nawet nie cieszył, bo tak od razu mieć babę z pełnym brzuchem może chłopu niewygodnie. I też kłopoty wtedy miał, oj, jaki on był niecierpliwy do wszystkiego. Bo to i z pracą lekko nie było, z zakładu dopiero co wyszedł, ja na niego, panie doktorze, dwa lata czekałam i wierzyłam, że człowiek się zmieni, byle dać mu czas. A Stach to po tym zakładzie taki nerwowy był. No i za kołnierz nie wylewał. Mnie to już ciężko było nosić węgiel, ale gdzie tam chłopa takiego prosić, on na dom pracuje cały dzień, tylko co on głos podniósł, że zmęczony, to ja do tej piwnicy zeszłam, na schodach się omskłam i po dziecku. I już więcej nie zaciążyłam.

Wtedy to dopiero wiedziałam, że Stachowi na dziecku zależało. Pił przez tydzień, sąsiadki mówiły, bo ja w szpitalu leżałam, ledwo co mnie odratowali. A on pił biedak z żalu, bo ja już nigdy miałam dzieci nie mieć, panie doktorze. To co on miał robić? Ale mnie nie zostawił. Chociaż bez dzieci to jaka to rodzina.

Tu go pan tak mocno nie bierze. Bo on się wtedy niespokojny robi. Nie, ja go nie potrzymam, bo ja tych palcy zgnieść dobrze nie mogę. Może by pan dał na znieczulenie, bo to szkoda patrzeć, jak się męczy. Taka to dola sieroca. Ani nic z tego świata nie rozumie, tylko piska. Nie piskaj, nie piskaj, pan doktor pomoże. Żeby tak człowiekowi kto pomógł. W te rękę to ja się zacięłam i palce od tamtej pory jak nie moje. Tylko tak przykurczyć mogę. Dalej nie. To właściwie przez Buraska. Mięsko kroiłam, a kotek mruczył i mruczył. Stacho się rozeźlił, za nóż chwycił i wymachiwać zaczął, najpierw do Buraska, to on aż pod szafę, tycia szczelinka, a wszedł, aż wyjść nie mógł, to mówię, Stachu czyś ty zgłupiał, kot przecież rozumu nie ma. To Stach się na mnie zamierzył. Ja wiem, że krzywdy by mi nie zrobił, tylko tak się droczył, ale chwyciłam ten nóż, ostry był, i po palcach. Stach to jak tylko krew zobaczył, od razu odskoczył, pobielał na twarzy. Krew to trudno mężczyźni znoszą. Prawie mi omdlał. Pojechaliśmy na pogotowie, to mnie zszyli, ale tak już mi zostało. Mówią na to przykurcz.

Co się Stach naprzepraszał, o Boże, jak dobrze w domu było, dobre z niego wylazło. Bo człowiek dobrego, co w nim siedzi, to się wstydzi. Ale potem to już normalnie było. Tylko powiedziałam, Stachu, ty mi więcej ręki na Buraska nie podnoś.

Nie, te łapkę to on od dawna ma taką. Od samego początku. Stachowi kiedyś przez okno wypadł. Mężczyzna wiadomo, nie dopatrzy. Ale kot jak to kot, na cztery łapy spada. Co się z nim nachodziłam! Na Grochowskiej w klinice w nocy byłam. Bo niby wysoko u nas nie jest, ale on taki dziwny był. Nóżka mu się taka zrobiła dziwna, to go wzięłam nocnym. Nastałam się na przystanku, a tam nieprzyjemnie po nocy nawet chodzić. Ale wzięłam Buraska, bo stworzenie cierpi i jak człowiek mu nie pomoże, to nikt mu nie pomoże. I nóżka mu została taka chromawa. Troszkę ciągnie.

Tylko zmizerniał ostatnio. Tak mi coś schudł. Ja już mu nawet jedzenie dobre kupuję, teraz to troszkę oszczędzę i mu płucek naszykuję, nawet wątróbki. A on taki niemrawy. Niech pan coś zrobi, panie doktorze, proszę.

Ten kotek oprócz mnie to nikogo nie ma. A ja nie wiem, czemu on taki chudzieńki.

Jak odeszłam od Stacha, no bo już czas było odejść, jak Buraskowi ogon obciął, to kotek odżył. Jak mu obciął, to ja już wiedziałam, że ja się w życiu pomyliłam. Człowiek musi być dobry dla zwierząt, bo one są słabsze i one potrzebują jego opieki. Zresztą ja powiedziałam, nie podnoś mi więcej na niego ręki. A on, znaczy Stachu, mówi, że drzwi trzasnęły i ogonek przycięły. Jak drzwi tak mogły trzasnąć, panie doktorze? Nie mogły. Od kuchni to cały czas roztworzone są i takim stołeczkiem przytrzymane. W łazience przeciągu nie ma. A do pokoju to Burasek tak znowu nie wchodził, jak Stachu był w domu. To gdzie te drzwi trzasły? Szybka by pękła, jakby tak hukły, żeby ogonek Buraska złamać.

A w życiu nie wolno się tak pomylić, jak ja się pomyliłam. Tak tego Stacha kochałam, bo on zły to nie był, nie. Ale za Buraska to ja jestem odpowiedzialna. To mu tak robić nie mogę, żeby go na cierpienie wystawiać. I powiedziałam, to już koniec z nami, Stachu. On się śmiać zaczął, a gdzie ty pójdziesz. A ja Buraska wzięłam, walizkę spakowałam i poszłam do siostry. Ona mi taką komórkę za kuchnią przysposobiła. I pracę znalazłam, choć to niełatwo, o nie. Teraz to na stołówce pracuję, bo gotować to, panie doktorze, ja umiem. Stach niewybredny taki był, to mu za tłusto, to za chudo, to za słone, a to takie. Cielęcinkę robię pyszną, czosnku wrzucę, jak Pan Bóg przykazał, a Stachu to nie lubił, żeby śmierdziało. Zupki dobrej siostrze w niedzielę nagotuję, to się rodzina cieszy. Śmietaną zaprawię, porządnie, a nie knorem, za przeproszeniem. Syta jest. Aż drugie niepotrzebne. Tylko kotek mi schudł, panie doktorze. Może on za domem tęskni? Czy to prawda, że koty do miejsca się przywiązują? Ale ja tam już wrócić nie mogę.

Bo kot, panie doktorze, nie człowiek. On potrzebuje miłości.

Powrót do domu

Wchodził po schodach z każdym rokiem coraz wolniej. Dopiero dzisiaj zdał sobie z tego wyraźnie sprawę. Tylko trzecie piętro, a musi odpoczywać. Kiedyś wbiegał po dwa stopnie. Ale nie będzie korzystał z windy. Lekarz zresztą zalecił chodzenie po schodach. To dobra gimnastyka dla serca. Serce! To serce, jak nie może złapać tchu? Zawsze dbał o siebie. Palenie rzucił w czterdzieste urodziny. I namówił do rzucenia Marię.

– Skoro się mamy razem starzeć, róbmy to zdrowo – zażartował pewnego wieczoru i nazajutrz po prostu nie kupił papierosów. Trochę się męczył, Maria pożegnanie z nałogiem przeszła bezboleśnie. Kobiety są zawsze silniejsze.

Zanim wsadził klucz do zamka, zadzwonił. Zawsze w ten sposób dawał znać Marii, że wraca, czekała na niego w przedpokoju lub w drzwiach kuchni. To był ich rytuał, wypracowany przez trzydzieści dwa lata wspólnego życia. Niewiele par może się pochwalić takim sta-

żem. Oni mogli. I to nie chwaląc się, dzięki niemu. Wiedział, jak ważna jest tradycja, dbanie
o pewne niezmienne formy wspólnego życia.
Coś stałego, do czego się wraca jak do domu.
Nie do mieszkania.

Wiedział, że musi dbać o swój związek, że
tylko ciężka praca może zaowocować wspólną
przyszłością.

Drzwi otworzyły się z lekkim skrzypieniem.
Nie zauważył tego rano, jak wychodził. Trzeba
koniecznie trochę naoliwić zawiasy. Powiesił
kapelusz i rozejrzał się po pustym przedpokoju.

– Mario! – zawołał w głąb mieszkania.

Po raz pierwszy od trzydziestu dwóch lat odpowiedziała mu cisza.

Coś podobnego. Maria wyszła. Wyszła, choć
dobrze wiedziała, o której wraca. W ciągu tych
wspólnych lat spóźnił się do domu tylko dwa razy, i to za każdym razem uprzedzał ją, że będzie
później. I nigdy jeszcze nie zdarzyło się, żeby
nie wychodziła na jego spotkanie. Oprócz tych
tygodni, które spędziła w szpitalu. No, ale to była siła wyższa.

Powiesił płaszcz na wieszaku, wszedł do łazienki i starannie umył ręce. Przejrzał się w lustrze nad umywalką. Niczego mu nie brakowało,
doprawdy. Owszem, zakola na czaszce są z każdym rokiem większe, ale niektórzy jego koledzy
(ci, co jeszcze żyją, oczywiście) byli zupełnie ły-
si. Udało mu się nie podhodować brzuszka, ale
też dokładnie Marii tłumaczył, jaka dieta jest

wskazana dla osób w ich wieku. Zawsze o wszystkim musiał myśleć. Ale w ten sposób Maria czuła, że się o nią troszczy, a on mógł jej dać to, co miał najcenniejszego. Siebie.

Dlaczego i dokąd Maria wyszła? To się nie zdarzało. Będą musieli usiąść wieczorem i porozmawiać o swoich oczekiwaniach. Będzie jej musiał powiedzieć, co czuł, kiedy wszedł do pustego domu. Zawsze można zacząć wszystko od początku. Wiedział, że rozmowa o uczuciach to najważniejsza rzecz w życiu każdego małżeństwa. Jak niewiele osób przywiązuje do tego wagę! I, nie chwaląc się, był chyba jedynym mężczyzną, który nie wstydził się o tym mówić. Wprost przeciwnie, uważał, że to właśnie robi z niego prawdziwego mężczyznę.

Trzydzieści lat temu zdecydował, że zmieni swoje życie. Kiedy poznał Marię. I o związek z Marią postanowił zadbać.

Zgasił światło i wszedł do kuchni. Czysto i schludnie.

A jednak. Nie mylił się. Coś się musiało stać! Maria zostawiła na gazie ziemniaki. Lekko pyrkały, stuknął w jeden widelcem. Twardy, musiała widocznie wyjść niedawno. Będzie jej musiał zwrócić uwagę. Cóż za lekkomyślność! Ale to do Marii nie pasowało. Musiało się wydarzyć coś ważnego.

Odsunął krzesło i ciężko usiadł. Co przeoczył? Maria była wszystkim w jego życiu. Powiedział jej to wyraźnie, obiecał, że będzie dla niego zawsze najważniejsza. I dotrzymał słowa.

Oparł głowę na dłoniach i przyglądał się kratce obrusa. Czy zrobił coś nie tak? Wiedział przecież od początku, że będzie szczęśliwy tylko wtedy, gdy uczyni szczęśliwą Marię. Niczego jej przecież nie brakuje.

Ziemniaki podskakiwały w garnku, okno w kuchni zaparowało.

Maria. Jego jedyna wielka miłość. Miała zaparowane okulary, jak zobaczył ją po raz pierwszy. Kiedy je zdjęła, żeby przetrzeć szkła rąbkiem spódnicy, ujrzał chabry w jej oczach. Wyciągnęła do niego rękę i powiedziała: Jestem Maria. Nie Marysia, Majka, Maryla. Maria.

I tak już zostało.

Wiedział, że spotkanie z nią odmieni jego życie. Cierpliwie zabiegał o tę dumną, kruchą dziewczynę. Wiedział, że ta albo żadna. Co się z nimi stało przez tyle lat? Kiedy zaczęło się coś psuć? Teraz sobie uświadomił, że już dawno nie widział na twarzy Marii uśmiechu, a przecież śmiała się tak często. Jej śmiech roznosił się w powietrzu jak zapach konwalii. Świat wydawał się lepszy, i on był lepszy dzięki niej. Dlaczego jej nie ma? W tak ważnym dniu?

Dzisiaj mu powiedzieli, że pójdzie na wcześniejszą emeryturę. Emerytura. Jak to brzmi. Jak śmierć. Jak koniec. Jak niepotrzeba. Ale teraz będą mogli sobie poświęcić więcej czasu. Będzie miał więcej czasu dla Marii. Może gdzieś pojadą? Może w ogóle zaczną podróżować? Kiedyś obydwoje o tym marzyli. Jakoś się nie składało.

Podniósł się i wyjął z pudełka zapałkę. Nikły pomarańczowy płomyk zapalił gaz. Postawił patelnię, ukroił kawałek masła. Maria przysmażyłaby na oliwie, zdrowiej, ale w takim dniu mógł sobie pozwolić na odrobinę luksusu. Rzucił na teflon, zaskwierczało. Uniósł pokrywkę rondelka. Kotlety mielone? Dawno już nie było mielonych. Nie są specjalnie zdrowe, ale będzie wyrozumiały... Z prawej strony z pietruszką, z lewej z czosnkiem. Nie, poczeka na Marię, nie będzie sam jadł. Zgasił gaz, masło topiło się powoli na ciepławym teflonie.

Ziemniaki będą za moment gotowe. No cóż, to wypije najpierw kawę. Nastawił wodę, wyjął niebieską filiżankę z miśnieńskiej porcelany. Detale były ważne. Życie składało się przecież z detali.

Dla niego życie składało się z Marii, pracy dla Marii i powrotów do Marii. Bycia z Marią. Rozmów z Marią. Mężczyzna, który nie ma zaplecza w postaci kochającej kobiety, jest martwy. Jest nikim. On wie o tym najlepiej. Zna tych wspaniałych mężczyzn z pustymi domami, z kobietami w innych domach, z wolnością w kieszeniach, biednych samotnych ludzi, którzy nie mają dokąd wracać. I na szczęście on do takich nie należy.

Maria zawsze robiła kotlety z pół kilograma mielonego. Jedne z tym, drugie z owym. Nie znosił monotonii. Te wiecznie zapracowane kobiety z rękami o nabrzmiałych żyłach, pracowicie gotujące obiad w sobotę i niedzielę na cały następny tydzień! Od razu po ślubie uświadomił Marii, że najważniejsze są kompromisy. Przestała pracować. Bardzo tego chciał i w końcu ona też zechciała. Niech kobieta stworzy prawdziwe gniazdo, a mężczyzna nigdy nie odejdzie.

Zalał kawę wrzątkiem i odcedził ziemniaki. Nienawidzi takiej kawy, ale nie będzie włączał ekspresu dla jednej osoby.

Maria na pewno zaraz wróci.

No i siedzi sam w kuchni nad filiżanką. Ale też dawno już tak nie siedział z Marią. A przecież zawsze było im tak dobrze razem. Ograniczyli nawet swoje niewielkie znajomości. Ludzie zaburzali rytm ich życia, wprowadzali zbyt dużo niepokoju. Robert z żoną na przykład. Kiedy zaczęli się rozwodzić, rozsądniej było nie zajmować stanowiska, trochę się odseparować. Właściwie ta przyjaźń od początku wpływała destrukcyjnie na ich związek. Najważniejsze to wyważyć wszystko. Pomoc pomocą, a utrata własnego życia i własnej tożsamości to co innego. Pamięta długą rozmowę z Marią na ten temat. Ta rozmowa przywróciła proporcje pomiędzy ich życiem a życiem Robertów. Cierpliwie tłumaczył, że to ich małżeństwo jest najważniejsze, nie ludzie, którzy pojawiają się obok i przemijają.

Prawie zapomniał o tej całej sprawie z Robertem. A przecież parę razy, jeszcze przed rozwodem, pokłócili się przy nich. Cóż za nietakt! Jakby kulturalni ludzie nie mogli sobie wszystkiego wyjaśnić w sposób kulturalny. On nigdy nie pokłócił się z Marią. Wszystkie sprawy omawiali na bieżąco. I wtedy zgodzili się, że trzeba ograniczyć ten kontakt.

Zresztą wystarczali sami sobie. Mogli rozmawiać godzinami i nigdy się nie nudzili. Patrzył na Marię z taką samą miłością, przez te wszystkie lata. Zmarszczki koło ust i oczu pogłębiały się, ale dla niego będzie zawsze tą dziewczyną w zaparowanych okularach. Jej chabrowe oczy bladły, ale nie przestawał jej kochać. I ona o tym wiedziała. Nie pracowała, to prawda. Lecz zapewnił jej byt na odpowiednim poziomie. Nigdy nie musiała wypatrywać pierwszego lub prosić go o sukienkę czy buty. Miała wszystko, czego pragnęła. A co najważniejsze, była rozsądna w swoich pragnieniach. I jest dobrze zabezpieczona, gdyby, nie daj Boże, on...

Miał zresztą w cichości ducha nadzieję, że odejdzie przed Marią. Ale jest ubezpieczony dodatkowo na życie i Maria nie będzie się musiała martwić, gdyby została sama. Pomyślał o wszystkim. Mężczyzna musi być odpowiedzialny za swoją kobietę.

Maria... Łagodna i dobra Maria... Dopasowali się do siebie prawie od razu. Maria zresztą była podatna na wpływy. Głupi melodramat potrafił z niej wycisnąć morze łez. Tłumaczył, że ludzie na pewnym poziomie nie powinni emocjonować się bzdurami. W końcu nawet w telewizji jest sporo lepszych programów z dziedziny psychologii. Pomagał jej zrozumieć i rozpoznawać świat. Maria stała się bardziej zrównoważona dzięki niemu. Przywrócił jej pogodę ducha.

Nigdy też w ich domu nie było śladu nieporządku. Wytłumaczył jej, jakie to dla niego ważne, żeby budzić się w mieszkaniu, w którym w zlewie nie leżą brudne od wczoraj szklanki. I nigdy damska garderoba nie walała się po kątach. Pożądanie można było wyrazić w inny sposób, niż zrywając z kobiety ubranie w najmniej spodziewanym momencie.

Tak, te szklanki... Ale przecież wystarczy raz złamać zasady, żeby potem nie móc się pozbierać. Jednego dnia szklanka, drugiego już dwie, a trzeciego naczynia po obiedzie... To tak jak z tymi szkodliwymi filmami. Niby nic, a jednak wsącza się do mózgu jakąś truciznę. Jakąś iluzję. Życie jest o wiele ciekawsze. A filmy? Potem traci się kontakt z najbliższą osobą, diabli biorą wspólną płaszczyznę porozumienia. I Maria to zrozumiała. Coraz mniej ich dzieliło.

Jak wyglądało ich życie? Ksiądz, który udzielał im ślubu, powiedział: „niech piękno dobrej żony"... Tak było. Maria była dobra. Była bez wątpienia najlepszą rzeczą, jaka zdarzyła mu się w życiu. Choć na początku, musiał to przyznać obiektywnie, daleko jej było do pełnego wdzięku umiaru, którego potem tak bardzo zazdrościli mu przyjaciele. Przyjaciele. No cóż. Dom jest twierdzą i trzeba go chronić przed złymi wpływami. Niektórzy się powykruszali, niektórzy założyli nowe rodziny. Poglądy jego i Marii w tych sprawach były jednakowo tradycyjne. Stałość – to było to, o co im w życiu najbardziej chodziło.

Jeśli się chce ocalić swój dom, trzeba go chronić i pilnować przed światem. Tyle zła dookoła. Wystarczyło obejrzeć dziennik albo otworzyć gazetę. Małżeństwo będzie dobre, jeśli będzie otoczone dobrymi związkami. A ile ich było, tak dobrych jak jego związek? Czyż go nie ocalił od rozpadu?

Kawa wystygła. Tak zatopił się w myślach, że zapomniał o niej, a przecież nie znosił zimnej kawy. Czy coś się między nimi popsuło? I kiedy?

Przeżyli też wspólnie trudne chwile. Kiedy Maria powiedziała, że jest w ciąży, próbował się cieszyć, choć widział, co dzieci robią z małżeństwem. Jak kobiety przestają być żonami, a stają się wyłącznie matkami. Ale Maria była taka szczęśliwa.

Kiedy znalazł ją na podłodze w kuchni nieprzytomną i zakrwawioną, obok jeszcze wilgotnej białej firanki i przewróconego stołka, myślał, że oszaleje z bólu. Ale był przy niej cały czas, w karetce i w szpitalu. Wszędzie. Z wyjątkiem sali operacyjnej, na którą zawieźli Marię natychmiast.

Marii trudno było wrócić do normalnego życia. Pogodzić się z faktem, że już nigdy nie będą mieli dzieci. Płakała całymi dniami. Dopiero jak jej wytłumaczył, że on się nie martwi, właściwie to się nawet cieszy, Maria przestała płakać. A on nie oddałby jej za żadne najcudowniejsze na świecie dziecko, nawet za chłopca, który nosiłby jego nazwisko. Nigdy więcej nie widział Marii płaczącej. Czy to nie dziwne, że dopiero teraz to sobie uświadomił?

Pamięta tamten swój strach o Marię. Stojąc pod salą operacyjną, modlił się o Marię, nie o nie. Ono. Minęło tyle lat, a nie potrafił myśleć o nim inaczej. Ono umarło. Nie chciał mieć więcej dzieci. Kiedy wyszedł do niego lekarz i powiedział, że musi podpisać zgodę na operację, że ciąża zaczęła się zachowywać jak nowotwór, zaśniad groniasty – bez chwili wahania podpisał. Zrobiłby wszystko, żeby ratować życie Marii. I w karetce bezradnie szeptał: „Mario, nie, proszę, zaczekaj". To był jedyny moment, kiedy stracił panowanie nad sobą.

Jego miłość była wieczna jak trawa. Nie opierała się na ulotnej namiętności czy pożądaniu. Była potrzebą serca i o tym nigdy nie zapominał. Oczywiście, była też namiętność między nimi. Kochali się przecież, choć ani on, ani Maria nie należeli do tych, co to dyszą w sposób nieprzyzwoity czy wydają z siebie jęki. A jednak dłonie Marii były delikatne jak tajemnica jej wnętrza, pod wpływem jej dotyku jego serce topniało i zapadał się w niebyt. Całował ją delikatnie i oplatał sobą w miłosnym rytmie, pilnując, aby jej zawsze było dobrze.

Mieli przecież udane życie. Byli dobrym małżeństwem. Najlepszym, jakie znał. Ich znajomi rozchodzili się i schodzili, zdradzali i wybaczali, kłócili i godzili – oni jedni trwali nieprzerwanie przez te wszystkie lata.

Ale rzeczywiście, coś było nie w porządku. To, że Marii nie ma dzisiaj, to nie przypadek. Może coś mu chce dać do zrozumienia? Tylko że przecież mogli o tym porozmawiać. Przekonał ją wiele lat temu, że tylko rozmowa... Że ich związek przetrwa, jeśli będzie poza wszelką manipulacją. Ale... Maria rzeczywiście ostatnio była inna. Coś się w niej zmieniało. Może nie dość jej okazywał uczuć? Może się boi, że mąż już jej tak nie kocha? Postarzeli się oboje, ale przecież najpiękniejsze chwile mogą być jeszcze przed nimi. Teraz będą mieli mnóstwo czasu dla siebie. Wyjadą gdzieś... Od dawna odkładany wyjazd będzie możliwy. Musiał coś przeoczyć... Zawsze czekała na niego z ciepłym obiadem, potem... No właśnie, potem ona zmywała, on odpoczywał po pracy, a potem... Zawsze było coś do zrobienia w domu, zresztą często przynosił do domu robotę. Przepisy tak szybko się zmieniały, trzeba być na bieżąco. Dziś księgowość to nie to, co kiedyś... Zresztą najważniejsze było utrzymanie domu na pewnym poziomie. Żeby Maria miała zawsze to, co chce...

No więc, kiedy coś się zmieniło? Prowadzili dość samotne życie, ale przecież mieli siebie. I Maria się z tym zgodziła. Więc? Na pewno nie chodzi o dzieci, dzieci już by wyfrunęły z gniazda, też byliby już dwojgiem samotnych starzejących się ludzi... Po ślubie? Po ślubie określili swoje priorytety i trzymali się tego przez następne lata... A może, może nie powinien się godzić na... Tak! Nigdy nie powinien był się zgodzić, żeby Maria była, tak jak chciała, Marią. W tym nie było czułości ani intymności, a przecież to właśnie chciał dać Marii. To się musi zmienić. Wszystko będzie inaczej. Ileż razy miał ochotę powiedzieć Marysiu, Marylko, Marysieńko, ale pamiętał jej ton „Jestem Maria, nie Mania, Marysia, Majka. Maria". Jak mógł sobie na to pozwolić? To jej zdanie wpłynęło tak naprawdę na ich życie!

Wylał zimną kawę i przepłukał filiżankę. Sięgnął po ściereczkę, dokładnie wytarł i odstawił do szafki. Nawet przestał myśleć o jedzeniu.

Musi odpocząć.

Wszedł do sypialni.

Pod kocem, odwrócona do niego tyłem, leżała Maria. Serce podskoczyło mu w piersiach. Bał się, że zemdleje. Maria! Boże, ona nie żyje!

Przypadł do łóżka i chrapliwym szeptem zaczął żarliwie powtarzać:

– Boże, nie, Boże nie!

Maria poruszyła się i podniosła rękę do czoła.

– Zasnęłam? – zapytała, a jej głos rozniósł się po pokoju zapachem konwalii. Bogu niech będą dzięki!

Potem jej powie, jak się czuł, kiedy zobaczył, że nie czekała na niego. Teraz ma ważniejsze rzeczy na głowie. Serce uspokajało się. Zaczął mówić:

– Wszystko rozumiem, wszystko. Mario, to wszystko można zmienić. Zaczniemy od nowa. Przecież życie przed nami. I nie będę do ciebie mówił Mario, nie zgadzam się, będę do ciebie mówił tak, jak zawsze chciałem, a ty mi na to nie pozwoliłaś, tyle lat, tyle lat – szeptał do jej odwróconej głowy. – Marysiu, Marysieńko moja. Wszystko zmienimy. Będziesz najszczęśliwszą kobietą na ziemi. Tak cię kocham, Marysiu – powtarzał z lubością zdrobnienie jej imienia, którego nigdy nie miał odwagi wymówić.

Usłyszał łkanie i położył uspokajająco rękę na jej głowie. Był naprawdę wzruszony. Wszystko można zacząć od nowa. Niech płacze, niech sobie nareszcie przy nim popłacze.

Maria strąciła jego rękę.

Przez ułamek sekundy widział jej twarz. Ale musiało potrwać, zanim dotarło do niego, że Maria nie płacze. Maria się śmiała. I zanim zdążyła zakryć rękami twarz, błysnął mu obcy grymas jej ust.

Podanie o miłość

...Do Sądu Rejonowego Wydział Karny za pośred-
nictwem odwołuję się od decyzji nr rej. 1328/01
w sprawie wykroczenia ruchu drogowego.
Dnia... 01 r. Straż Miejska wylegitymowała mnie
za niewłaściwe parkowanie pojazdu marki. Man-
dat podpisałem krzyżykiem – taki mam rodzaj
podpisu. Strażnik miejski powiedział, że sprawę
wobec tego kieruje do Kolegium ds. Wykroczeń
i widać słowa dotrzymał. Nie było moim zamia-
rem obrażenie kogokolwiek, a tym bardziej przed-
stawiciela władz lokalnych...

Podniosła oczy na mężczyznę. Uśmiechał
się.

– To dowcip? – zapytała ostro.

Była w pracy i nie miała czasu na głupie
dowcipy.

– Nie, proszę pani – odezwał się łagodnie,
a oczy dalej mu się uśmiechały. – Załączam sto-
sowne dokumenty, wzór podpisu z banku itd.

Zacisnęła prawą dłoń. Nie wierzyła ani jednemu słowu. Ale skoro ludziom się chce wypra-

wiać takie rzeczy... Była zła na siebie, że w ogóle się odezwała, że zapytała o cokolwiek. Ona nie była od myślenia. Była od przepisywania.

– Proszę usiąść i zaczekać.

Położyła ręce na klawiaturze i spod jej palców popłynęły słowa do sądu rejonowego w sprawie nr rej. 1328/01. Zleciła komputerowi „drukuj" i dopiero wtedy ponownie spojrzała na mężczyznę.

Był niski. Niewiele wyższy od niej. Gdyby włożyła buty na obcasach, nie mógłby się pokazać przy niej na ulicy. I miał ładne włosy. Gęste. Jakby mu je przeczesać ręką, tak jak robią na filmach – pewno nawet by nie poczuł przez tę gęstwinę. Ile czasu musi spędzać u fryzjera? Był dobrze ostrzyżony, nie za długo, nie za krótko. I miał ładne dłonie. Zauważyła od razu, jak tylko jej podał te swoje bazgroły. Fajne męskie dłonie, zadbane i silne.

Drukarka zrobiła pipipipip.

Czy doszczętnie zgłupiała, żeby tak myśleć? Widać ma za dużo czasu. I nie zapytała, w ilu kopiach. Co się z nią dzieje?

– W dwóch egzemplarzach, jeśli pani tak uprzejma.

Pani tak uprzejma. Przecież od tego tu jest.

– Dwadzieścia złotych – powiedziała ugrzecznionym tonem.

To jest klient, a ona tu pracuje. Nie może o tym zapominać. Coś widać wisi w powietrzu, że zapomniała.

– Dziękuję pani. – Mężczyzna podniósł się i położył pieniądze przy komputerze.

– Rachunek?

– Nie, dziękuję pani.

Kiedy podawała mu kartki, ich dłonie zetknęły się na moment. Zdrętwiała, a on był już przy drzwiach.

Jego „do widzenia" pozostało bez odpowiedzi, drzwi się zamknęły. Dopiero wtedy zdała sobie sprawę, że wstrzymuje oddech. Wstała od komputera i miała wrażenie, że stoi nie na własnych nogach. Nigdy, przenigdy się jej to nie zdarzyło. Żeby w sposób tak fizyczny zareagować na obcego mężczyznę. Może to ta pogoda, na pewno spadło ciśnienie. Jest tak strasznie duszno. Od wczoraj niebo zaciągało się szarością, będzie deszcz.

Otworzyła okno i odetchnęła pełną piersią. Listopad – i tak ciepło! Patrzyła na ulicę bezmyślnie, choć było tyle pracy. Na jutro musi skończyć przepisywanie pracy magisterskiej, a on wychodzi z bramy, jest w nim coś przyciągającego wzrok, a przecież niscy mężczyźni nie są przystojni, i jeszcze dwa krótkie podania do spółdzielni mieszkaniowej. Boże, stanął i spojrzał w górę!

Odskoczyła od okna jak oparzona. Zobaczył ją czy nie? Jaki wstyd!

Siadła przy komputerze i zaczęła płynnie wystukiwać zdanie. Jakie szczęście, że kiedyś zrobiła kurs maszynopisania! Tu jej na pewno nikt nie będzie szukał. Może zacząć wszystko od początku.

Wnoszę o rozwód z winy mojego męża Ireneusza D. syna Józefa i Michaliny, który mimo że ze

mną ożeniony od lat nie spełnia swoich obowiąz-
ków i nastąpił trwały i długi rozkład pożycia, na
co dowody ja mam, Wysoki Sądzie, i przedstawię
Wysokiemu Sądowi, bo to drań taki i obibok, chy-
ba żeby Sąd mu powiedział, bo przecież dzieci ma-
my, może się on opamięta, Wysoki Sądzie...

Spojrzała na ekran i jeszcze raz przeczytała przedziwny pozew. Gołym okiem widać, że ta kobieta nie chce się rozwodzić! I sąd będzie miał ubaw po pachy razem z Ireneuszem D. I po licho wtrącać się do cudzego życia? Nie! Nie i jeszcze raz nie. To jest BIURO PRZEPISYWANIA NA MASZYNIE. Nic więcej.

Dlaczego kobiety nie mogą pogodzić się z tym, że przestają być kochane?

Ona pogodziła się już dawno. Na umierającą miłość nie ma lekarstwa. Można tylko odejść. Próbować zapomnieć. Nie żyć złudzeniami. Przestać się oszukiwać. Wstawać rano, jeść samotnie śniadanie. Pracować. Nie myśleć o głupstwach. Nie czekać. Tak jak ona.

To podanie w sprawie nieprawidłowego parkowania jej zaszkodziło.

Od bardzo dawna starała się odzyskać spokój i właściwie pogodziła się ze swoją samotnością. Wracała do domu późno, po drodze kupowała coś do jedzenia, brała prysznic i przebierała się w długą domową suknię z miękkiego aksamitu. Wyglądała w niej jak z innej epoki. Rozpuszczała długie włosy, przez cały dzień ściągnięte w węzeł i musiała przyznać – wyglądała jak... jak... kobieta. No, może nie piękna, ale na pewno interesująca. Podwijała nogi na fotelu i włączała Bregovicia. Cichutka muzyka łagodziła jej rysy, a ona czytała prawie do północy. Książki były jej całym światem. Podróżowała. Była w miejscach, o których tylko mogła marzyć. Płakała nad nie-szczęściami innych, nie wstydząc się łez, a cza-sem śmiała się głośniej, niż śpiewał Sting. Rano zaś budziła się i znowu wiązała włosy w ciasny węzeł na karku, ubierała się w skrojoną prosto szarą lub beżową sukienkę, która ukrywała jej kształty. Tak trzymać.

Ranek następnego dnia był inny. Zamyślona stała przed lustrem przy drzwiach, gotowa do wyjścia, a potem jednym ruchem dłoni wyciąg-nęła spinkę. Włosy rozsypały się na ramiona. Wyglądała zdecydowanie bardziej... atrakcyj-nie. Dlaczego właściwie nosi spięte? Powinny czasem odpocząć. Dzisiaj odpoczną.

BIURO PRZEPISYWANIA NA MASZYNIE tego dnia wydało jej się jeszcze bardziej ponu-re. A spędza tu połowę swojego życia! Nigdy nie zwracała uwagi na ściany, nagie i surowe, smut-ne po prostu. I gdyby postawić w oknie jakieś kwiaty... A może wręcz nie w oknie, tylko przy fotelu? Tam, w rogu? Byłoby na pewno przyjem-niej...

Po co zawracać sobie głowę takimi rzeczami. Dziś naprawdę ma sporo pracy. Włączyła kom-puter i na ekranie wykwitały nowe słowa *w związku z powyższym uprzejmie proszę o po-nowne rozpatrzenie...*

Było już po czwartej, kiedy spojrzała na zegar u dołu ekranu. Jak to dobrze, że żona Andrzeja D. nie przyszła, podanie jeszcze nie było gotowe.

Odchyliła głowę do tyłu, bolał ją kark i w ogóle jakoś tak... I wtedy skrzypnęły drzwi i stanął w nich On.

Chwyciła jedną ręką włosy, skręciła je mocno, a drugą grzebała w torbie w poszukiwaniu spinki. Była zła na siebie, jak dawniej. Co też jej strzeliło do głowy! Upięła włosy, a on stał i przyglądał jej się spokojnie. To trwało wieczność.

– Dzień dobry – powiedział. – Właściwie...

– Słucham. – Opanowała się szybko i wzrok jej stwardniał.

– Chciałem panią zaprosić na kawę. – Nie uśmiechał się tak jak wczoraj, był spięty.

– Dziękuję bardzo – odpowiedziała służbowo. – Po pierwsze, nie pijam kawy, po drugie, nie mam zwyczaju umawiać się z klientami, po trzecie, mam dużo pracy. Coś jeszcze?

Mężczyźnie twarz się lekko skurczyła, a może jej się przywidziało.

– To przepraszam – powiedział, a ona znowu położyła dłonie na klawiaturze.

Drzwi trzasnęły, nie podniosła głowy i wpatrywała się w zegar u dołu ekranu. Minuta, dwie, trzy. Wychodzi z bramy, pilnować się, żeby nie podejść do okna, tak głupio się zachowała, i po co to tłumaczenie, po pierwsze, po drugie.

Była zła. Była zła na siebie. Nie powinna... I te włosy... Przestańmy się oszukiwać. Po prostu miała nadzieję, że go jeszcze zobaczy. Mężczyznę, który policjantowi podpisuje się krzyżykiem! Który na pewno drwi ze świata i z takich jak ona kobiet. Mężczyznę, który – nie ukrywajmy tego – zrobił na niej wrażenie.

W związku ze zmianą mojego statusu zawiadamiam odpowiednie organy...

Nazajutrz przyszła do biura wcześniej niż zwykle. Źle jej się spało, obudziła się nad ranem przerażona.

Siedziała przed ekranem komputera już trzecią godzinę, kiedy wszedł. Powiedział uprzejmie, bez śladu zakłopotania i już bez tego beztroskiego uśmiechu:

– Mam dwie strony tekstu, można prosić o przepisanie na jutro?

Starała się na niego nie patrzeć, ale to było bez znaczenia. Jego głos robił swoje. Był głęboki i ciepły, choć obcy. Petent.

– Proszę bardzo.

Po jego tekst sięgnęła, kiedy zapadł zmierzch. Zapaliła lampkę przy biurku. Pomyślała, że może dłużej popracować.

Ależ tu nie było początku! Co za niechlujstwo!

Otworzyła nowy plik i zaczęła pisać:

...wyglądałaby jak łania. Tak ruszają się tylko zwierzęta pełne wdzięku i wolne. Nie wyobrażam sobie, jaka by to była przyjemność iść koło tej smukłej kobiety. Mógłbym być zazdrosny o spoj-

rzenia innych mężczyzn, więc kupiłbym kolorowe parasole i otoczył ją ze wszystkich stron. A mimo to królowałaby i na ulicy, i wszędzie, gdzie by się znalazła. Myślę, że ziemia, po której chodzi, jest jej własnością, tak pewnie stawia każdy krok...

Przerwała. Na pewno się pomylił. Dał jej niewłaściwe kartki. Nie ten tekst. To są jakieś prywatne zapiski, nie wolno jej nawet tego czytać. A mimo to przebiegła wzrokiem spięte czerwonym spinaczem kartki. Ukradkiem, szybko.

Nie wiem, co się ze mną dzieje. Docieram do siebie z trudnością i znajduję w sobie pokłady uczuć, których istnienia nie podejrzewałem. Bezbronność, z jaką patrzy, wzrusza, nawet obojętność i gniew nie są w stanie jej osłonić. Ale czułem, kiedy dotknęła mojej ręki...

Odłożyła rękopis. Serce jej biło szybko, jakby biegła nie wiadomo dokąd, a teraz czas zatrzymać się i spojrzeć za siebie. Oto poznaje tego mężczyznę, wbrew jego woli. Niechcący. Tak jakby podglądała kochającą się parę przez dziurkę od klucza. I już nie można się wycofać, bo zauważą. Można tylko zamknąć oczy. Zamknęła oczy i pomyślała, że o niej nigdy nikt... w ten sposób. A może to pisarz? Może poeta? I podpisuje się krzyżykiem? Otrząsnęła się ze smutku, który nagle zawisnął w powietrzu. Trzeba mu oddać ten tekst. I nie trzeba było go czytać.

Mieszkanie wydało jej się nieprzyjemne i zimne. Leżała w wannie z przymkniętymi oczyma. Od razu po kąpieli wtuliła się w kąt na tapczanie. Nie mogła czytać, nie chciała słuchać muzyki. Chciała tylko spać, nic więcej.

W środę Mężczyzna pojawił się tuż przed zamknięciem.

– To nie jest chyba ten tekst, który pan chciał, który... który ja... – plątała się, a on patrzył jej prosto w oczy, być może trochę speszony.

– Rzeczywiście. Przepraszam panią. Tu jest ten właściwy. Będę jutro po południu, zdąży pani?

Zdąży. Zanim się zorientowała, już go nie było.

Wyobrażam sobie, że włożyła buty na obcasach. Wyglądałaby wtedy jak łania... Przyglądałem się jej, jak pisze. Jak delikatnie jej palce biegną po klawiaturze, a jej oczy mają wzrok zwierzęcia, które się kryje. I oby nikt tego nie zauważył.

Jak on śmie! Jak śmie robić sobie z niej pośmiewisko, idiotkę. Taki tani chwyt, taki... bezczelny typ, niedobry człowiek, który będzie bawił się jej zażenowaniem. Przewracała kartki w pośpiechu. O proszę!...

Wczoraj nasze ręce spotkały się po raz pierwszy. Miałem uczucie, jakbym dotknął płomienia, który nie parzy, ale w którego cieple można grzać

się całe życie. Podniosłem oczy. Twarz niedostępna
i obca. Co zrobić, żeby móc się zbliżyć? Jest taka
jak jej włosy – puszczone z uwięzi żyją własnym
życiem.

Na przemian oblewała się rumieńcem i bladła ze złości. Tak ją zaczepiać! Wydawać sądy o niej! Znać ją tak dobrze...

Co mogę zrobić, żeby strach nie paraliżował jej
oczu, jak wtedy, kiedy zaprosiłem ją na kawę?

Strach! Też coś! Po prostu nie bawi się w takie gierki. Oczywiście, że przepisze ten tekst i odda. Jakby nie był o niej. Jakby to nie była jego zabawa. Po prostu ma zadanie do wykonania. Ze złością położyła ręce na klawiaturze. Wydrukowała tekst i spięła spinaczem. Granatowym. Ot co!

Długo przewracała się na łóżku. Kołdra była za gorąca, bez kołdry chłód listopadowej nocy przenikliwy. Litery z ekranu komputera układały się w słowa, które nie chciały zniknąć.
...Przecież chodzi tylko o szansę, nic więcej. Żeby nie przegapić czegoś, co może być istotne.
Nie miała żadnych złudzeń. Nie była pięknością. Nie była już nastolatką. Była dojrzałą kobietą, a takim podobne rzeczy się nie zdarzają. Jeśli są naprawdę. Więc to nie jest prawda, tylko jakieś nieporozumienie. Gra jakaś. Która ma ją zniszczyć. Odsłonić. Zniewolić. Nie da się.

Ranek zastał ją przy stole. Kawa dymiła.

Otworzyła szafę i spod stosu szarych i beżowych rzeczy wydostała nie noszoną od dawna sukienkę z czerwonego kaszmiru i czarny żakiet. Nie ma co się ukrywać, udawać, że się boi. Nie boi się i on to zobaczy.

Stanęła przed lustrem i zaczęła czesać włosy. Długie, spadają poniżej ramion. Błyszczące po wczorajszym myciu, nie związała ich na noc, luźno i swobodnie próbują teraz wolności, skręcając się w małe loczki tuż przy twarzy. Odrzuciła do tyłu głowę. Tak będzie dzisiaj wyglądać.

Kiedy wszedł, był niewątpliwie zaskoczony. Nawet bardzo. Przyglądała mu się z satysfakcją. Uśmiechnęła się. Powiedziała:

– Za ekspres stawka jest podwójna.

I ani słowa więcej. Wyciągnął pieniądze, podziękował, chwilę się wahał, a ona dalej się uśmiechała:

– Coś jeszcze? Pan wybaczy, mam dużo pracy.

Patrzył na nią z uwagą, jakby chciał zobaczyć coś, czego chyba nie dojrzał, bo odwrócił się i wyszedł.

A ona ponownie siadła przed ekranem i skończyła odłożony pozew w sprawie męża Ireneusza D. Drania i obiboka.

Nie dała się nabrać.

W nocy kołdra znowu wydawała jej się za ciężka i gorąca. Odkrywała się, a wtedy chłód listopadowy przenikał ją do szpiku kości. Zasnęła nad ranem umęczona. Po raz pierwszy spóźniła się do biura.

Przed drzwiami stał niechlujny chłopak z walkmanem na uszach.

– Pani Hanna M.? Przesyłka dla pani.

Wrócił do samochodu, po tę przesyłkę a ona otworzyła drzwi. Podstawił jej do podpisania kwit. Kwiaty położył na biurku i zniknął.

Bukiet był olbrzymi. Różnokolorowy. Nazw niektórych kwiatów nie znała. Do wysokiej róży dołączona była koperta. Rozerwała ją i zaczęła czytać:

Przepraszam, jeśli Panią uraziłem. Przepraszam, że nie byłem szczery. Nie miałem innego pomysłu, jak przyjść do Pani z podaniem, które by zwróciło Pani uwagę. Wiem, że po pracy nigdzie Pani nie bywa. Przepraszam również za to, że uczucia, które mną targnęły, przypisałem także Pani. To we mnie jest strach przed światem, któremu próbuję się opierać. Kiedy dotknęła Pani niechcący mojej ręki, poczułem, jak skorupa, w którą się zaklepiłem wiele lat temu, pęka. Nie umiałem sobie z tym poradzić. Pani odmowa była tak stanowcza, że chwyciłem się ostatniej deski ratunku – tych tekstów, które musiała Pani przepuścić przez komputer. Miałem nadzieję, że jeśli pozna Pani prawdę, wspólnie możemy dać czemuś szansę... mój telefon... będę czekał...

W podpisie krzyżyk.

Nie musi dzisiaj pracować. Po prostu wywiesi kartkę: „Biuro nieczynne z powodu choroby". Ot, takie proste. Kiedy przycinała kartonik z tą informacją, do pokoju weszła żona Ireneusza D.

I wtedy zrobiła coś, czego nie miała prawa robić.

– Niech się pani zastanowi – powiedziała, podając jej przepisany pozew. – Przecież pani go kocha. Dopóki ktoś chce kochać, jest jeszcze szansa.

Kiedyś

– Dwadzieścia po pierwszej, co ja tu robię?
– Po dwunastej.
Odwrócił się, niebieska piżama zniknęła w drzwiach, które nigdy nie zostały dobrze dopasowane.
– Dobranoc. – Przytłumiony głos niósł się ze schodów w puste mieszkanie. – Nie siedź za długo.
– Nie będę. Dobranoc.
Papieros zsuwał się z popielniczki na obrus. Podniosła go do ust i spojrzała na zegarek. Siedemnaście po dwunastej. Zaśnie, za chwilę zaśnie i nie zauważy, że jej nie ma. Ale jeszcze nie można podejść do telefonu. Jeszcze za wcześnie, mimo że tak późno. Przesunęła palcem po klinkierze pokrytym sadzą.
Tak przecież nie może być. Ogarnęło ją zmęczenie. Wszechogarniające zmęczenie wieczną ucieczką przed wspólnym pójściem spać, przed wspólnym porannym wylegiwaniem się w łóż-

ku, przed wspólnymi spacerami. Jak długo można udawać, że pilna robota na jutro jest koniecznością? Że najlepiej jej się pracuje w nocy? Bo w dzień, sam rozumiesz...

Może rozumiał, może się domyślał, może podejrzewał, że po prostu chce być sama. Bez powodu.

Piekło wybrukowane dobrymi chęciami. Dobre chęci zmontowane z nieustających drobnych niedomówień w imię nieranienia. A w środku proste, nieskomplikowane kłamstwa. Bała się, że kiedyś ją Tam zaprowadzą. Że w końcu nie da się tego uniknąć, a już na pewno w tej sprawie nie będzie można nic a nic oszukać.

Telefon kusił coraz bardziej. Zadzwonić już! Dwa krótkie sygnały, rozłączyć się, odczekać dwie minuty, z zegarkiem w ręku, i znowu się połączyć. Jeśli jest, jeśli może podejść do telefonu, jeśli może rozmawiać – usłyszy jego ciepły głos przez moment.

Wtedy będzie miała dość siły, żeby znieść niechciany dotyk swojego męża, kiedy już wejdzie do małżeńskiego łóżka. Mimowolne spotkanie dwóch obcych ciał. Odwracał się przez sen w jej stronę i ciepłą senną ręką przysuwał ją bliżej. Bez miłości.

A ona drętwiała z rozpaczy, że to nie ta ręka, nie ten człowiek, i piekło otwierało się coraz szerzej. Ale też mogła sobie wyobrażać, że to nie on. Tylko że wtedy chwilowa, czysto zmysłowa przyjemność przenosiła ją poza bramę piekła. Ze sterczącymi sutkami i ciałem przygotowanym nie do tej miłości odwracała się do okna i długo nie mogła zasnąć.

Grzech. To jest właśnie grzech.

Na górze skrzypnęły drzwi. Odskoczyła od kominka, sięgnęła po rozłożone na stole kartki. Niech nie wie, że nic nie robi. Niech się jeszcze nie dowie, jeszcze nie teraz.

Poczuła się jak uczennica złapana przez rodziców na paleniu papierosów. Jak dziś pamięta to uczucie. Stała na balkonie w śniegu po kostki, ojciec położył jej rękę na ramieniu. Co robisz, co ty wyprawiasz!!!

Nigdy już nie da się tak głupio przyłapać. To śmieszne. To dziecinne. Ma prawo siedzieć we własnym domu i nie udawać. Czego nie udawać? Odłożyła kartkę. Odbite linie papilarne jej usmolonych palców zdobiły górny prawy róg.

– Czy ty musisz o tej porze palić?

– Nie możesz spać? – Pytania były lepsze niż odpowiedzi. – Napij się mleka.

Napięcie rozlewało się w pokoju jak olej. Tłuste, nie do usunięcia.

– To pomaga. – Zdobyła się na troskę w głosie. – Przynieść ci?

– Dlaczego siedzisz po nocy? Czy ty to robisz specjalnie?

Siadł przy niej i wziął do ręki kartkę maszynopisu.

– Naleję ci. – Podniosła się.

Za szybko.

Musi uważać. Musi cały czas uważać na to, co robi. Nie za szybko, nie od razu, nie za troskliwie. To budzi podejrzenia. Lodówka, karton mleka, chude, 0,5%, nie więcej. Powinna rozciąć nożyczkami – rano nie będzie afery, ale może lepiej, żeby lekkie spięcie zaiskrzyło z rozerwanego kartonu. Pretekst. Szukanie pretekstów, wieczna manipulacja.

– Co ty tam robisz?

– Szukam nożyczek.

– W lewej szufladzie, chyba że jak zwykle nie odłożyłaś na miejsce.

O, to lepiej. Jak zwykle. Już nie trzeba udawać. Można się lekko naburmuszyć. I tak nici z dzisiejszego telefonu. Za to może być niezadowolona. Rozerwała karton palcami. Nierówno. Mleko lało się poszarpanym strumieniem do szklanki.

Postawiła ją na stole.

– Jest po pierwszej. Długo będziesz siedziała?

– Nie wiem. Mam tyle do zrobienia.

Czas minął. Minęła najcenniejsza godzina – między dwunastą a pierwszą w nocy, kiedy można było zadzwonić, usłyszeć dwa sygnały, poczekać dwie minuty i zadzwonić raz jeszcze, usłyszeć tamten głos i zasnąć spokojnie z tym wspomnieniem.

Czas minął.

– Idę spać – powiedziała w tłustą oliwę. – Dobranoc.

*

Kiedy odcinają sznur i kładą na podłodze lekko sztywne ciało, zastanawia się, w którym momencie zdecydował się zdjąć lampę. I czy się nie pomylił. Właśnie, nie pomylił. Może myślał, że taki marny haczyk nie wytrzyma. Może chciał tylko spróbować. Szklanka z mlekiem stoi dalej na stole. Wypił tylko trochę. Mroźne powietrze wpada przez uchylone okno.

Policjant stoi tuż przed nią. Ona widzi ruchy jego warg, ale nie rozumie tego, co mówi. Patrzy niewidzącym wzrokiem. Cegły na kominku układają się we wzory, których przedtem nie zauważała. Na pewno szyber jest niezamknięty, dlatego tak wieje. I okno, oczywiście okno.

Policjant się usuwa. Lekarz, który przed chwilą nachylał się nad ciałem jej męża, teraz nachyla się nad nią.

– Jak się pani czuje?

Wzory z przybrudzonych cegieł układają się w kształt wisielca. To zabawne, że nigdy tego nie spostrzegła. Nastawia ostrość wzroku na lekarza. Cegły rozpływają się, wisielec znika. Twarz lekarza lekko nabrzmiała, krostka pod okiem nadaje się do wyduszenia. Może najpierw do nakłucia igłą? Taki mały paskudny kaszaczek.

Ciało męża już na noszach.

– Na sekcję. Oczywiście, że na sekcję. – Krostka odwraca się w kierunku tamtych ludzi.

Z profilu jest podobny do buldoga. Policzki niemalże falują, a płaski nos może spokojnie nawet nie rzucać cienia.

Nosze znikają, policjanci również. Buldog zamienił się w okrągły księżyc w pełni. Podczas pełni nie może spać. A teraz pełnia ma oczy mężczyzny, który patrzy na nią z troską. Tylko ten kaszak pod okiem... Dobrze, że okno otwarte...

– Przestań.

O, na ty do niej mówi, buldog jakiś niewydarzony, Syfilityczna Księżycowa Twarz z Wypryskiem.

– Przestań już. Znam to.

Zna to. Mądrala Buldogowa. Doktór Nauk Medycznych Drugi Stopień Specjalizacji od Wisielców i Ich Żon.

– Teraz dostaniesz zastrzyk. Wszystko będzie dobrze.

Nie chce, żeby ją kłuł. Nie chce, żeby wszystko było dobrze. Ale jej ręce leżą bezwładnie i nie może się poruszyć. Zanim zdąży ułożyć usta, żeby warknąć „nie", długa igła wchodzi lekko w ramię, jak w masło. Przez gruby sweter, ten stary, szaroniebieski, robiony jeszcze przez babcię.

*

– Dwadzieścia po pierwszej. Co ja tu robię?

– Po dwunastej.

Odwrócił się, niebieska piżama zniknęła w drzwiach, które nigdy nie zostały dobrze dopasowane.

– Dobranoc. – Przytłumiony głos niósł się ze schodów w puste mieszkanie.

Papieros zsuwał się z popielniczki powoli w kierunku obrusa. Podniosła go do ust i spojrzała na zegarek. Siedemnaście po dwunastej.

On zaśnie, za chwilę zaśnie i nie zauważy, że jej nie ma. Nawet nie zauważy, że jej przy nim nie ma.

Nie będzie chciał, jak kiedyś, podejść do telefonu, żeby usłyszeć jej głos. Wtedy tak wyczekiwany i oczekujący. Zawsze, przed zaśnięciem. Kiedyś.

Kiedy jeszcze nie byli małżeństwem.

Taka umowa. O dwunastej. A teraz on śpi.

Czas minął. Ich czas. Za późno.

Przesunęła palcem po klinkierze...

Tak przecież nie może być. Ogarnęło ją zmęczenie. Wszechogarniające zmęczenie wieczną ucieczką przed wspólnym pójściem spać. Przed wspólnym udawaniem, że jeszcze można poleżeć w łóżku. Przed wspólnymi spacerami, z obowiązku, dla zdrowia. W których już nic nie ma. Wszystko dokonało się bez ostrzeżenia. Ile lat można udawać, że pilna robota na jutro jest koniecznością, że najlepiej jej się pracuje w nocy? Bo w dzień, sam rozumiesz...

Rozumiała, domyślała się, podejrzewała, że to właśnie on po prostu chce już być sam.

Piekło wybrukowane dobrymi chęciami...

Przegrali.

Telefon kusił coraz bardziej. Zadzwonić! Zadzwonić gdziekolwiek, żeby nie czuć się tak bardzo samotną! Ani chwili dłużej tu, w tym miejscu, gdzie już nic...

Kłaść się w tym samym łóżku, kiedy nie zostało nawet wspomnienie miłości. Mimowolne spotkanie dwóch obcych ciał. Odwracał się przez sen w jej stronę i ciepłą senną ręką przysuwał ją bliżej. Z przyzwyczajenia.

A ona drętwiała z rozpaczy, że to nie ta ręka, co kiedyś, choć ta, nie ten człowiek, co kiedyś, choć ten, a piekło otwierało się coraz szerzej. Ale też mogła wyobrażać sobie, że to ktoś zupełnie obcy. Kogo nigdy nie kochała. Kto nigdy między dwunastą a pierwszą w nocy nie czekał na jej telefon.

Grzech. To jest właśnie grzech.

Na górze skrzypnęły drzwi.

– Czy ty musisz o tej porze palić?

– Znowu nie możesz spać? – Pytania były lepsze niż odpowiedzi.

– Napij się mleka.

Bo przecież nie powiesz tak jak kiedyś „nie mogę bez ciebie zasnąć".

Napięcie rozlewało się w pokoju jak olej. Tłuste, nie do usunięcia.

– To pomaga. – Zdobyła się na troskę w głosie. – Przynieść ci?

– Dlaczego siedzisz po nocy? Czy ty to robisz specjalnie?

Siadł przy niej i wziął do ręki kartkę, którą przedtem miała w ręku.

– Naleję ci. – Podniosła się.

Za szybko. Trzeba uważać, trzeba cały czas uważać na to, co robi. Nie za szybko, nie od razu, nie za troskliwie. To budzi podejrzenia. Pomyśli, że czegoś od niego chce. Że jeszcze czegoś oczekuje. A przecież nic już się nie może zdarzyć. A ona nie da mu tej satysfakcji.

Lodówka, karton mleka, chude, 0,5%, nie więcej. Powinna rozciąć nożyczkami.

– Co ty tam robisz?

A głos? Jaki ma głos? Smutny? On już nie miewa smutnego głosu. To jest głos wyprany z jakichkolwiek emocji.

– Szukam nożyczek.

– W lewej szufladzie, chyba że jak zwykle nie odłożyłaś na miejsce.

O, to już lepiej. Jak zwykle.

Już nie trzeba udawać. Można się lekko naburmuszyć. Już nie musi tęsknić. Może powoli zapominać. Przeszłość jest nieważna. Jest tylko dzisiaj. Dzisiaj jest właśnie takie.

Rozerwała karton palcami. Znowu nierówno. Mleko lało się poszarpanym strumieniem do szklanki.

Postawiła ją na stole.

– Jest po pierwszej. Długo będziesz siedziała?

Ciekawość, wyrzut? Boże, jakżeby chciała powiedzieć, tak jak kiedyś: „może ci to jest na rękę?". Ale kiedyś zapalały mu się oczy i głos matowiał, kiedy mówił „niedoczekanie" i podchodził do niej z tyłu, brał jej twarz w swoje ręce i delikatnie całował. Nie pozwalał jej myśleć już dłużej o niczym, oprócz tego, że oto są we dwoje.

Teraz jej nie było.

Czas minął.

– Nie wiem. Idź spać – powiedziała w tłustą oliwę. – Dobranoc.

*

W którym momencie decyduje się zdjąć lampę? I czy się nie myli? Właśnie, czy się nie myli? Może myśli, że taki marny haczyk nie wytrzyma. Może chce tylko spróbować? Szklanka z mlekiem stoi w dalszym ciągu na stole. Wypił tylko trochę i odszedł. Jest sama. Niech wobec tego będzie sama. Bez udawania, że nie jest. To uczciwe. To nie grzech.

Mroźne powietrze wpada przez uchylone okno. Cegły rozpływają się, wisielec zamienia się w buldoga, buldog zamienia się w okrągły księżyc w pełni. Podczas pełni nie może spać. A teraz pełnia ma oczy mężczyzny, który patrzy na nią z miłością. I już tak zostanie. Chce wyciągnąć do niego ręce, ale jej ręce już zwisają bezwładnie.

Księżyc ci upadł

Deszcz dopadał ziemi dość wolno.

Tak, jedyne co lubiła w mieście, to widok mokrych drzew w świetle latarni. Wszystkie bez wyjątku robiły się koliste lub półokrągłe, żadnych kantów. Po prostu błyszczały w świetle jak obsypane srebrem stare bombki. Nierzeczywiste, nieteraźniejsze. Budziły wspomnienia z bardzo dalekiej, miękkiej przeszłości...

Ale nie teraz. Teraz już nie widziała nic, tak mokro miała pod powiekami. To wszystko nieważne. Jak najszybciej do domu. Trzeba tylko przebiec przez ulicę, jeszcze zdąży na ostatnią kolejkę. Jak najszybciej w przejściu podziemnym. Bezdomni i pijani o tej porze mieszkańcy dworca podmiejskiej kolejki budzili strach.

Nic nie jedzie.

Wbiegła na jezdnię. Bruzdy błotnego szlamu tworzyły na asfalcie dwie pokraczne linie. Ślady jej butów przecięły ten wzór, a torba obijała się o udo. Jeszcze schody w dół. Kolejka elektryczna już warczała – zamykające się drzwi o mały włos nie przycięły poły jej płaszcza.

W ostatniej sekundzie, zdążyła w ostatniej sekundzie. Co by zrobiła sama w mieście o tej porze? Co by się stało, gdyby była minutę później? Na pewno, wie to już na pewno, nie zwróciłaby się do niego o pomoc. Już nigdy. Wszystko przepadło, wszystko się skończyło.

Zostawił ją w środku nocy, samą na ulicy. Nie ma o czym rozmawiać. Nie ma nawet o czym myśleć.

Otworzyła torbę. Bilet. Musi mieć bilet.

Od jak dawna nie jeździła swoją kolejką? Z okien swego domu na wsi widziała wieczorami jasną gąsienicę – jedyny znak łączności z cywilizowanym światem. Tam był jej dom. I kiedyś przed samym nadjeżdżającym pociągiem przeszły spokojnie dwie sarny. I na małej stacyjce słychać wszystkie ptaki, jak się jedzie rano i czeka.

Teraz już nie zapomni tak szybko, co jest ważne. Ważne są te sarny. I żeby mieć zawsze bilety na kolejkę. Nigdy nie ufać też mężczyznom. To jest najważniejsze.

Nie ma. Oczywiście nie ma biletu.

Rozejrzała się po wagonie. Zmięte dwie starsze kobiety. Jedna już przysypia. Głowa oparta o szybę. Na pewno miesięczny. Druga wlepiła wzrok w okno. Po co? I tak nic nie widać, tak brudna jest ta szyba. Musi przejść do innego wagonu. Drzwi. Zacinają się. Ale tam ktoś jest. Mężczyzna, kobieta i dziecko.

– Przepraszam, może macie państwo bilet do odstąpienia?

– Nie ruszaj tego, mówiłam ci tyle razy, siedź spokojnie, mówiłam, że to za późno o takiej porze, ale ty nigdy mnie nie słuchasz. – Monotonny głos niestarej jeszcze kobiety wlewał się w ucho nieprzyjemnym zgrzytem. – Zobacz no, Boguś, o tej porze to się nawet biletu nie dostanie, siedź spokojnie, ile razy mam to powtarzać, daj pani, Boguś, ten bilet – mówiła kobieta, nie podnosząc na nią oczu. – No daj, w porponetce schowałeś albo może i ja mam, pani czeka chwilkę. – Kobieta grzebała dłonią w torbie.

Porponetka, coś takiego!

Stała nad nią, niezręczna, wciśnięta między zdania kobiety.

– Tu gdzieś wsadziłam, a ty, Boguś, co myślisz, dobrze myśmy zrobili, że tam pojechaliśmy? Siedź, mówię ci. – Ręka wywędrowała z torby i lekko klepnęła chłopca.

Chłopiec odwrócił się od szyby pomazanej w esy-floresy i spojrzał zdziwiony na matkę.

– Pani poczeka, bo przecież o tej porze to jak kontrol przyjdzie albo co, to co pani zrobi? Boguś, no, dobrze zrobiliśmy? Patryk, nie kręć się, jak ja mam do tego chłopaka mówić, o proszę, jest! – Dopiero teraz podniosła na nią oczy i wyciągnęła rękę z biletem. A oczy miała przygarbione wieczną troską, szare.

– Dziękuję pani bardzo, w ostatniej chwili...

– Proszę, proszę, ludzie to sobie powinni pomagać, ja patrzyłam jak pani biegła, nawet mówiłam do Bogusia zdąży czy nie zdąży, nie Boguś? To ostatni pociąg dzisiaj, kiedyś to więcej jeździło i konduktor był, i inaczej tu było, a teraz strach po nocy jeździć samemu.

Wsypała na drobną dłoń kobiety pieniądze za bilet.

– Proszę pani, mogę skasować? – Chłopiec patrzył na nią usłużnym spojrzeniem. Czarne oczy i w środku jasne iskry, choć w kolejce ciemno, lampy po jednej stronie się nie paliły.

– Bardzo proszę. – Podała mu bilet i iskry rozjarzyły się.

Chłopiec już był przy kasowniku, pobiegł do niego, rozchlapując maź, która pokrywała podłogę wagonu. No tak, już jesień.

– Patryk, Patryk – podniosła głos kobieta – co ja z nim mam, nieusłuchany taki, nie z tego świata, bardzo panią przepraszam, Patryk, chodź no tu, Boguś, dlaczego ty nic nie mówisz, no? – zwróciła się z pretensją do męża.

Mężczyzna nasunął czapkę na oczy i wzruszył ramionami.

Pociąg szarpnął i zatrzymał się. Kolejna stacja.

Chłopiec podał jej bilet i usiadł na ławeczce koło matki, już nie przy oknie. Drzwi rozsunęły się. Czterech mężczyzn zajęło miejsca pośrodku wagonika. No, to już nie usiądzie tam, gdzie chciała, z dala od tej dziwnej pary i ich synka. Tamci na pewno są po wódce, kto o tej porze jeździ, niech lepiej myślą, że jedzie wspólnie z tymi tutaj. Zawsze tak bezpieczniej.

Poczuła gorąco na policzkach. Jak on mógł ją zostawić? W ogóle nigdy jej nie rozumiał. Jak mogła tego przez tyle czasu nie wiedzieć?

– Dziękuję pani. – Zdobyła się na uśmiech, a postaci kobiety, mężczyzny i dziecka rozmazywały się coraz bardziej.

Przeszła koło kasownika i usiadła tyłem do tamtych mężczyzn, tak żeby nikt nie widział jej łez. Przed sobą miała plecy kobiety i mężczyzny, naprzeciwko chłopca, ale on i tak patrzył w podłogę.

Spuściła głowę, kręciła bilet w palcach, a nos robił się coraz bardziej zatkany. I dusiło ją w gardle. Pod gardłem. Da sobie z tym radę. Nie szkodzi.

Jak mógł powiedzieć, że ma dosyć? Tak powiedział? Nie, inaczej. Powiedział, że nie może jednocześnie prowadzić i zastanawiać się nad ich przyszłością. Że trzeba się zastanowić, jak to wszystko urządzić, bo kredyt, bo niespłacony samochód... trzeba usiąść spokojnie i obliczyć... Obliczyć co? Ilość zainwestowanego uczucia? Spotykali się przez ostatnie dwa lata i ona nie widziała obok siebie liczydła?... Była ślepa, czy co? Nigdy już nie będzie ślepa.

– Mamusiu!

Podniosła oczy. Głos Patryka był wysoki, może dlatego, że starał się krzyknąć szeptem.

– No co, Boguś, on od dawna powinien być w łóżku, do ciebie mówię, Boguś, ostatni raz, mówię, ostatni raz tak późno wracamy, takich rzeczy nie załatwia się od razu, wiadomo było, a teraz on jest zmęczony!

– Mamusiu, mamusiu, zobacz – głos chłopca stał się natarczywy.

Mężczyzna ani drgnął. Uspokoi się ten dzieciak wreszcie czy nie?

– Uspokój się w tej chwili, nie widzisz, że z ojcem rozmawiam! Boguś, do ciebie mówię! Dlaczego ona tak na niego krzyczy? Dokładnie takim samym tonem on mówił! Kiedy nagle zaczął liczyć. A jak powiedziała, że nie rozumie, nie rozumie, co to ma do rzeczy, to powiedział, że buja w obłokach, a ktoś musi stać na ziemi i nie mówić dużymi literami. Ona mówi dużymi literami? Bez przerwy. A wszystko to zupełnie inaczej wygląda.

O, dobrze zrozumiała, co zupełnie inaczej wygląda. Prawda objawiła się w całej pełni. W prawdziwości. W gruncie rzeczy nigdy mu na niej nie zależało. Zapewne zawsze w duchu podśmiewał się z jej patrzenia w gwiazdy. Na ziemi jest przecież tyle ciekawszych rzeczy, doprawdy. Kredyty, i obliczanie, na co można sobie pozwolić, a na co nie. O nie! Nigdy więcej! Dobrze, że przejrzała na oczy. I z takim człowiekiem chciała być przez całe życie? Kochać go? Nie, nie, nie.

– Mamusiu, proszę, popatrz!

– Boguś, czy ty nie możesz mu czegoś powiedzieć, dlaczego zawsze wszystko na mnie spada, ja już naprawdę nie mam siły do tego dzieciaka, a mówiłam, wyjedźmy wcześniej, dlaczego myśmy tak późno wyjechali, przecież nic się nie da załatwić od ręki, to było wiadomo, czy nam to potrzebne było, chociaż jakbyśmy...

– Mamusiu, ale zobacz!

– I dlaczego on tak marudzi? Marudzi, bo zmęczony, zaraz wysiadamy, już daj spokój z tym mamusiu zobacz, nie wstawaj, nie wstawaj mówię, gdzie ty się wybierasz. Boguś, Boguś ty śpisz?

Wytarła nos i spojrzała na chłopca. Siedział dziwnie wyprężony i wpatrywał się w podłogę wagonu.

Spojrzała również. Nic, oprócz błotnego szlamu, nanoszonego cały dzień przez tysiące osób.

– Mamo, ale popatrz – chłopiec prawie krzyknął i napięcie na jego buzi zmieniło się w czerwoną plamę.

Wlepiła wzrok w błoto. Nic, naprawdę nic. Może nie wszystko z nim w porządku? Nie jej sprawa ostatecznie. Ale to przedziwne, żeby widzieć coś, co nie jest. Nic. Zmięty kawałek torebki po chipsach pod siedzeniem koło drzwi. Szlam. Mokry skasowany bilet przylepiony żałośnie do pierwszego stopnia. Ciemne kałuże błotnistej wody.

Drzwi otworzyły się i zamknęły.

Następna stacja.

No, dobrze. Dobrze jest tak, jak jest. Lepiej teraz niż później. Rozczarowanie i złość ogarnęły ją niespodziewanie silnie. Dlaczego nie nauczy się widzieć wszystkiego rozsądnie? Może i miał rację z tym błądzeniem w chmurach, skoro tak bardzo nie widziała go takim, jakim jest.

Tylko wymyślonego. Nierealnego wspaniałego faceta. Zacisnęła pięści, paznokcie boleśnie wbiły się w dłoń.

– *Co mi możesz pokazać?*
– *Sztuczkę?*
– *Nie. Pytam, jaką część twojego ciała możesz mi pokazać.*
– *Żartujesz chyba.*
– *Nie, nie żartuję. Pokaż mi, proszę, swoją rękę. Powiedz: chcę, żebyś zobaczył moją dłoń. Bliżej, bliżej, proszę. Nie bój się, to tylko ręka. Teraz dobrze...*
– *...Chcę ci pokazać moją rękę. Zobacz, proszę. Mam ładne dłonie, nie nie, jeszcze raz. Chcę ci pokazać moją rękę. Moje dłonie. Każda ma pięć palców. Kończą się paznokciami. Są pomalowane, te paznokcie.*
– *Widzę, są bardzo ładne.*
– *A tutaj mnie podrapał kot. Ale już się zagoiło.*
– *Mogę cię pocałować w to zadrapanie?*
– *A tu mam bliznę, bo kiedyś umówiłam się z jednym chłopakiem, że będziemy do siebie pisać codziennie o dwudziestej listy. On mieszkał w innym mieście. Przy świeczce do siebie będziemy pisać, o tej samej porze, i to będzie tak, jakbyśmy na tę chwilę byli razem. Miałam taki plastikowy długopis...*
– *Jaki?*
– *Taniutki, ale z bardzo miękkim fajnym wkładem.*

– I co?

– I ten długopis włożyłam w świeczkę, zapalił się i pisałam taką płonącą pochodnią. To było bardzo romantyczne pisać czymś, co się na końcu pali. Ale ten plastik się roztopił i upadł mi gorącą kroplą w zagłębienie między środkowym a serdecznym palcem...

– Tutaj? Mogę dotknąć?

– ...I dalej się palił. Pomyślałam sobie, że to dobra pieczęć, na zawsze, tak siedziałam z tym płonącym palcem i nawet nie krzyknęłam. Ten kawałek plastiku zastygł i odpadł, ale skóra pod nim się też roztopiła i została taka gorejąca bruzda. Wgłębienie w moim ciele. Goiło się długo i został ślad jak po obrączce. Jak ten chłopak miał na imię, do którego wtedy pisałam? Długopis był niebiesko-szary, zakręcany i dość krótki...

– A tutaj?

– To pieprzyk.

– Jak nazywają się te palce, ten i ten, i ten?

– Te palce to kciuk, wskazujący, środkowy, serdeczny, w lewej ręce to spod serdecznego palca idzie żyła prosto do serca. Dlatego się nosi pierścionek zaręczynowy...

– Mogę dotknąć twojego serdecznego palca? To tak jakbym dotykał twojego serca.

– Nie wiem...

– Chciałbym dotknąć, ale nie zrobię nic bez twojego pozwolenia. Proszę.

– Tak... możesz...

– Czujesz? Dotykam twojego serca.

– Tak. A tutaj się skaleczyłam.

– *Nie bój się.*

– *Jak trzymam tak moją dłoń i pokazuję tobie, taką otwartą, to się czuję obnażona...*

– *Jakie są twoje ręce?*

– *Jak obejmują i przytulają? Są wtedy ciepłe.*

– *Czy mogę potrzymać twoją dłoń? Może razem będą cieplejsze, zrobimy tak? Czujesz? Razem są cieplejsze...*

– Ale mamo, księżyc panu upadł!

Otworzyła oczy. Chłopiec stał w przejściu między ławkami, a matka kurczowo trzymała go za kurtkę.

– Ja już zdrowia do ciebie nie mam. Roisz się i roisz!

– Mamusiu! Mamo, patrz, księżyc panu upadł! – zajęczał cienkim dyszkantem. Podniósł oczy i wtedy spotkali się. Nie było już iskierek, tylko mgła rozżalenia. A chłopcy przecież nie płaczą!

– Księżyc panu upadł – powiedział chłopiec do niej, a głos złamał mu się na pół.

Drzwi rozsunęły się i zasunęły. Przykleiła czoło do szyby i zobaczyła, jak na peronie kobieta szarpie go za tę nieszczęsną kurtkę, a mężczyzna stoi obok. Chłopiec zapierał się i kulił ramiona.

Kolejka ruszyła. Cała trójka zginęła w oddali. Ale za szybami już nie było ciemno. Zza chmur wyjrzał księżyc i osadził białawe światło na polach, drzewach i parkanach. Za oknami łagodnie zajaśniała noc. Srebrzysta i przytulna.

No tak. Jeszcze dwie stacje. Trudno. Trzeba się przyzwyczaić do samotnych powrotów do domu. Jak po takim oświadczeniu, że się tak bardzo różnią, że nie ma miejsca dla niej z jej chmurami w jego życiu pełnym kredytów i zobowiązań mogłaby choć chwilę dłużej z nim być? I po co? Żeby ją odwiózł do domu i pożegnał grzecznie przed bramą? Taki cholernie troskliwy, obcy już mężczyzna? Musiało mu ulżyć, kiedy wrócił z papierosami i już jej nie było. Ale jakby chciał, toby ją znalazł. Wiedział, gdzie może iść o tej porze. Gdzie musi iść. Nienawidzi go z całego serca.

I już zawsze będzie nosić rękawiczki.

Czego chciał ten chłopiec? Księżyca?

Zaraz jej stacyjka. Z jedną latarnią. I położy się od razu do łóżka. I nie będzie o niczym myśleć. Zapiekło ją pod powiekami. Nigdy już go nie zobaczy. Nigdy.

Podniosła się i przerzuciła torbę przez ramię. I na dodatek całkiem przemoczyła buty. Gdyby wiedziała, że tak się skończy ten wieczór, włożyłaby inne... Patrzyła pod nogi uważnie, jakby szła po wąskiej linie nad przepaścią. Co ten chłopiec widział, czego inni nie widzieli?

To???

Schyliła się i wygrzebała z błota małą podkówkę. Przetarła palcami srebrny, wytarty, schodzony kawałek blaszki, który przybija się do obcasa męskiego buta. Piekące spod powiek spłynęło z kącików oczu i poleciało po policzku.

Księżyc! Oczywiście, że księżyc. Księżyc panu upadł!

Stuliła blaszkę w dłoni, a łzy ciekły aż na gruby golf. No właśnie. Chmury. Księżyc.

Pociąg zwolnił, drzwi otworzyły się. Wyskoczyła na peron. Światło jedynej żółtawej latarni osiadało na najbliższych konarach starej akacji. Oblepiało zgrubienia gałęzi, a pociąg ruszył. Czerwone światła oddalały się niby oczy zwierzęcia. Drzewo wyglądało jak opatulony bandażem kaleka.

Zrobiła krok w stronę przejścia przez tory. Jak najszybciej do domu. Wypolerowane przez deszcz szyny lśniły jak nóż.

Od drzewa oderwał się ciemny cień. Zanim zdążyła krzyknąć, oplotły ją mocne znajome ręce.

– Nigdy więcej mi tego nie rób, słyszysz! – Gniewny głos przedostał się przez jej rozpuszczone włosy, a ramiona, które ją trzymały w uścisku, drżały. – Nigdy więcej. Zapamiętaj to sobie. Ani teraz, ani za dwadzieścia lat. Tego robić nie wolno. Nikomu. Tak się bałem o ciebie!

Stał tak blisko, a był taki daleki. Bał się? O nią? Przecież... Czego nie zauważyła? Stała z opuszczonymi rękami, a on schylił głowę i schował ją w jej golf. A ona stoi jak żona Lota, nieruchoma, sparaliżowana, martwa. Bał się. O nią. Jest blisko. To ona jest daleko. Podniosła ręce i delikatnie dotknęła jego włosów. Nie ruszył się.

Rozprostowała palce, blaszka wypadła z jej dłoni i srebrzyście zadźwięczała na mokrej szynie. Objęła go mocniej, podniósł głowę i spojrzał na nią.

– Coś ci upadło – powiedział, a głos miał jak nigdy przedtem.

Oderwał się od niej i schylił. Podniósł kawałek metalu.

– Księżyc ci upadł, zobacz – szepnął.

I dopiero wtedy się rozpłakała.

Drugi Brzeg

A więc pojedzie po raz pierwszy w życiu nad morze!

Nie mógł zasnąć z wrażenia. Ojciec wrócił do domu dość późno, uchylił drzwi do jego pokoju i oznajmił:

– A więc pojedziesz z matką po raz pierwszy nad morze.

I potem jeszcze powiedział:

– A teraz dobranoc, późno już.

Nie mógł spać. Morze! Morze to bardzo wielka woda – tyle wiedział. Raz przejeżdżali w Nysie przez most, widział z bliska spienioną rzekę, ale trwało to tylko moment. I rzeka nie była wcale taka duża. Jak strumień z kranu, tylko na ziemi, nie z góry na dół, tylko w bok, no i oczywiście szerszy, dużo szerszy. Ale morze? Morze to zupełnie co innego. Po morzu pływają statki. Takie domy, w których się pływa. Zabawnie było sobie wyobrażać pływające domy. Teraz to zobaczy, zobaczy na własne oczy, prawdziwe pływające duże domy. Z marynarzami w środku.

Którzy chodzą ubrani w marynarskie kołnierze. Czyszczą pokład i śpiewają przy tym piosenki. Wszystko to już niedługo zobaczy. Jutro będzie mógł o wszystko zapytać.

Tata zawsze wraca do domu taki strasznie zmęczony. Szkoda, że nie można teraz siedzieć z rodzicami w stołowym pokoju i słuchać, o czym rozmawiają. I na pewno rozmawiają o podróży. Ale tata słusznie zauważył, że jest bardzo, ale to bardzo późno. Dzieci o tej porze śpią. A on ma jedną noc więcej na to, żeby się cieszyć. Nie wiedział przecież, że w tym roku gdziekolwiek pojadą! A tu taka niespodzianka.

Próbował sobie wyobrażać strasznie dużą wodę. Więcej niż w wannie, milion milionów razy więcej. Wanny rosły mu w tysiące szarych łazienek i z tym obrazem pod powiekami usnął.

Spał niespokojnie. Zbudził się wcześnie. W pokoju było jasno, ale o tej porze roku było jasno od samego rana. Chwilę nasłuchiwał, cały dom spał. Zsunął się z łóżka i cichutko podszedł do okna. Odsłonił zasłony w duże fioletowe kwiaty. Słońce zalało pokój.

Ale ulica wydawała się jeszcze uśpiona. Nawet sklepik pani Piątkowej spał. A przecież zawsze był otwarty. Musiało być bardzo wcześnie.

Podciągnął piżamę. Opadała mu niżej pępka, gumka była już stara. I strasznie chciało mu się siusiu.

Tylko że lepiej nie wychodzić z pokoju, póki nie wstaną rodzice. Lepiej ich nie budzić tak rano. Tata mógłby być niezadowolony. A on chciał, żeby tata był zawsze szczęśliwy. Poza tym siku nie jest wcale takie ważne. Przecież nie zleje się w majty jak mały chłopczyk. Zawsze robił później, to przecież wytrzyma. Za chwilę zacznie się dzień. Mama wejdzie do pokoju, a on już na nogach. A to się mama zdziwi!

Teraz trzeba spakować najważniejsze rzeczy. Parę osobistych drobiazgów. Tak mówi tata przed kolejnym wyjazdem. Więc on też musi spakować parę osobistych drobiazgów.

Najciszej jak potrafił, ściągnął z półki stare pudełko po butach.

Było tam piórko ptaszka, którego znalazł z chłopakami na łące. Ptak już nie żył. Więc zrobił mu pogrzeb. Ale przedtem wyrwał mu jedno pióro, na pamiątkę. Długie, niezwykłe żółte pióro. I uklepał mały kopczyk. I związał dwa patyczki zielonym perzem na krzyż. I wtedy duży Witek powiedział, że to grzech i będzie się musiał wyspowiadać. Że powie księdzu. I że ptaki nie mają duszy i jak on robi krzyż, to jest antychryst. I Witek kopnął w ten kopczyk z krzyżykiem i powiedział, że wszystko powie tacie. I trzeba było gonić Witka i prosić go, żeby nic nie mówił tacie. A Witek kazał mu za to dać szklaną kulkę, którą on kiedyś znalazł w toalecie babci.

Może ukradł nawet, ale babcia by mu na pewno dała, gdyby żyła, więc to nie całkiem była kradzież. To nie jego wina, że babcia umarła. Wtedy właśnie po raz pierwszy i jedyny podróżował. Mama płakała całą drogę. Jechali autobusem i to było wspaniałe. Trochę się wstydził, że mama płacze. Tata klepał mamę po ramieniu i mówił, no już, no już, ludzie patrzą.

A on miał nos przyklejony do szyby i na szybie osiadała para z jego oddychania, musiał przecierać bez przerwy drugą ręką okno, żeby cokolwiek widzieć. Potem robił już tylko otworki. Okrągłe i podłużne. Przez taki otworek świat był ciekawy. Jak sztuczny.

Ale potem tata zobaczył, że on się tak bawi, i powiedział, jak możesz, i tata miał rację, że kazał mu się przesiąść.

W domu babci mama płakała cały czas i próbowała coś uprzątać, i wyrzucała z szafy rzeczy babci, a on wysunął troszkę szufladę od toaletki, pachniała babcią, i usłyszał, jak pomiędzy różnościami zaterkotała ta szklana kulka. I kiedy tatuś krzyknął, co ty tam robisz, niewiele myśląc wsadził ją szybko do kieszeni.

To właśnie tę kulkę musiał dać Witkowi. Lecz za to miał żółte pióro ptaszka. Ale piórka przecież nie weźmie nad morze. I jeszcze miał żołnierzyka na koniu.

Był całkiem szary. Pamiętał dzień, kiedy tata mu podarował te żołnierzyki. Dostał je na imieniny i jednego cały dzień nosił ze sobą, nawet przy jedzeniu miał go na kolanach, a tata mówił przecież, żeby nie bawić się przy jedzeniu, więc żołnierzyk tylko tam leżał, a tata powiedział, co ty masz tam na tych kolanach, i krzyknął do mamy, widzisz, jemu coś kupić! Ale chociaż był zły, nie odebrał mu żołnierzyka.

Powinien był bardziej uważać na to, co robi, i nie bawić się przy jedzeniu. I jeszcze miał pudełko zapałek z dziwnym kotem na wierzchu. Starsi chłopcy zbierali pudełka od zapałek i mieli bardzo, ale to bardzo dużo tych pudełek. Żaden z nich nie miał jednak pudełka z dziwnym kotem. Bo to było pudełko, które brat taty przywiózł mu z zagranicy. I starsi chłopcy chcieli się zamieniać, ale on się nigdy, przenigdy nie zamieni. O jejku, jak strasznie chce mu się siusiu. Ale musi wytrzymać. Właściwie żołnierzyka może wziąć ze sobą nad morze. I pióro też może wziąć. Jak dobrze owinie w papier, to się nie zniszczy. Pudełko zostawi. Nad morzem jest dużo piasku do zabawy. Inne rzeczy też się nie przydadzą. Kawałeczek czerwonej kredy, zakładka do książki z zasuszonymi kwiatami w środku, dwa bilety do cyrku, zużyte, dostał od kolegi. Ale będzie też miał swoje, bo tata na pewno kiedyś przyniesie identyczne dwa bilety i powie, idziemy do cyrku! Tak będzie na pewno.

Pogładził zmięte kawałeczki papieru, a potem podciągnął piżamę.

Bilety zostaną. Spakuje tylko żołnierzyka i piórko. Było takie wesołe. Jakby ten ptaszek żył jeszcze. I żółte. Jak piasek.

★

Tata odwoził ich na dworzec. Nawet położył mu rękę na ramieniu jak prawdziwemu przyjacielowi i powiedział, będziesz się opiekował mamą, prawda? I uśmiechał się cały czas. A jemu aż głos się zrobił taki chrypiący, jak wtedy, kiedy miał anginę, i powiedział jak dorosły, możesz na mnie liczyć. A oni oboje z mamą się śmiali.

I jak szli na dworzec, to pytał taty: jak wielkie jest morze? A tata mówił: duże. Bardzo duże? Duże jak co? Jak największe jezioro. Jest takie duże, powiedz, powiedz tatusiu, jakie duże? Takie duże, że nie można zobaczyć drugiego brzegu! Zobaczę, ja zobaczę, tatusiu! A tatuś się śmiał i mówił, nie zobaczysz! Założę się, że zobaczę. Ja zobaczę! Prawie krzyczał z podniecenia. Tatusiu, ja zobaczę drugi brzeg! A tata wtedy powiedział najważniejszą rzecz na świecie. Powiedział, jak zobaczysz, to kupię ci... Przestań, mówiła mama, ale tata nie przestał i powiedział, kupię ci, jeśli zobaczysz drugi brzeg... Ale jest drugi brzeg, prawda? Musiał się upewnić. Jasne, że jest, tata zawiesił głos i wstrzymywał obietnicę. Jeśli naprawdę – to naprawdę podkreślił tak mocno, że została pod nim dziura w powietrzu – go zobaczysz, kupię ci, co będziesz chciał, obiecuję.

Śmiali się razem z mamą, a jemu prawie serce wyskoczyło z piersi. Nie pamięta, jak wsiedli do pociągu, i chociaż na początku cieszył się, że będzie siedział przy oknie, teraz to było nieważne. Tata pomachał im i peron odjechał, i uciekały coraz szybciej drzewa, ale on tylko wtulił głowę w brązowe zasłonki PKP.

Och! Zobaczy drugi brzeg! Oczywiście, że zobaczy! I wtedy pójdą razem z tatą do sklepu z zabawkami na główną ulicę. Tata wróci wcześniej z pracy i pójdą sobie razem za rękę, jak gdyby nigdy nic. Wejdą do sklepu i on pokaże ręką kolejkę elektryczną z dodatkowymi torami i semaforami i zwrotnicami, które jak je przesuniesz, robią zgrzyt, jak prawdziwe. I wagoniki, i lokomotywa! Sprzedawca zdejmie to wszystko z półki i wrócą do domu, a tata będzie niósł to pudło, takie duże! I te tory ułożą razem z tatą w dużym pokoju na całym, calutkim dywanie – a może mama pozwoli zwinąć dywan? Tak jak przed świętami Bożego Narodzenia? Kiedy całą podłogę najpierw czyści się terpentyną i już nie ma jaśniejszego śladu po dywanie, a potem się pastuje i tak pachnie, a kiedyś to mama mu dała takie grube szmatki i powiedziała, żeby jeździł po podłodze i ślizgał się tam i z powrotem, a kiedy nikt nie widział, specjalnie się rozpędzał i przewracał i jechał na pupie prawie od połowy pokoju do ściany. I podłoga była taka błyszcząca. I tak zrobią. Tata zwinie dywan, zamkną się sami w pokoju i powoli otworzą pudło. A może to nawet będą dwa pudełka. W jednym będą tory, a w drugim reszta. Tata będzie te tory łączył ze sobą i układał pełną zakrętów trasę. A potem poprosi go, żeby wyjął z drugiego kartonu wagoniki. I on wyjmie! Te wagoniki będą jak żywe! I lokomotywę, co naprawdę rusza kołami i takim drążkiem przymocowanym do kół. I ma światełka na początku! Jak już ułoży się całą trasę, może nawet zrobią wiadukty z książek, i jak wszystko będzie gotowe, to tata zapyta, gotowe? A on powie, tak. I kolejka ruszy. Będzie jeździć po całym, calutkim pokoju, a on będzie przestawiał zwrotnice, a tata będzie kierował i nawet tak szybko pojedzie, że któryś wagonik wypadnie z szyn i okaże się może, że tata niedokładnie włożył jedne tory w drugie, bo tam są takie dziurki z jednej strony i druciki wystające w drugich torach, i wtedy tata powie, ale gapa jestem. I będą się razem śmiać, a mama, jak będzie chciała wejść do pokoju, to tata krzyknie, bez biletu nie wpuszczamy!

Ale może namówią się z tatą, żeby jednak mama mogła wejść, i wtedy da mamie bilet do cyrku, ten zużyty, i będą udawać, że to jest bilet na przejazd i pozwolą mamie wejść, i siądą wszyscy na podłodze, i mama będzie patrzeć, jak oni kierują kolejką, która będzie jechać przez cały świat i tunele, aż pod ścianę, i będzie tak dobrze...

Bo na pewno zobaczy drugi brzeg!

*

– Przespałeś całą drogę, synku, za chwilę wysiadamy.

Otworzył oczy i natychmiast przytulił nos do szyby. Ale szyba odbijała tylko to, co było w przedziale. A za oknem była ciemność i gdzieniegdzie, jak przysłonić szparę między czołem a szybą – światełka.

– A morze? – zapytał.

– Morze zobaczymy jutro.

Jutro? Tak bardzo czekał, a teraz się okazuje, że nie ma morza?

Ale kiedy wysiedli z pociągu, poczuł inny zapach. I wiedział, że to morze tak pachnie. Mama nachyliła się nad nim i powiedziała:

– Słyszysz ten szum?

Oczywiście, że słyszał, tak szumiały drzewa w lesie, ale to nie były drzewa, bo mama powiedziała, to morze tak szumi, i przytuliła go.

I wieczorem, kiedy leżeli w łóżkach, i wcale nie chciało mu się spać, powiedział mamie o tamtym ptaszku i że ma jedno piórko, choć to była jego tajemnica, a mama powiedziała, że to dobrze, że to na szczęście.

*

Następnego ranka wstał, zanim wstała mama. Otworzył okno, ale widział tylko sosny i inne małe domki, takie jak ten, w którym spali z mamą. Więc siedział przy oknie i wąchał morze, i słuchał morza, ściskając w ręku ołowianego żołnierzyka. Mógł czekać, bo przecież morze jest. I zaraz się spełni wszystko. Zjedzą śniadanie, nie muszą się spieszyć, mama powiedziała, że będą plażować cały dzień, i potem, zaraz jak wrócą, to poprosi mamę, żeby napisała do tatusia. I na pewno tatuś się bardzo zdziwi i pomyśli o nim z dumą, ha! mój mały synek jednak zobaczył drugi brzeg! ho, ho!

Więc może cierpliwie czekać i słuchać szumu morza.

*

Kiedy stanął na brzegu, poczuł, że dzieje się coś dziwnego. Ono było żywe, prawdziwe, ale zupełnie inne niż wszystko, co widział do tej pory. Łagodnie wypluwało na piasek białe pazurki piany, nie było ani groźne, ani podobne do rzeki, rozlewało się jak mleko i cofało. A na piasku zostawał mokry ślad, co jak wdepnąć na niego nogą, to piasek obok robił się jaśniejszy, a potem ciemniał i w dołku po pięcie zostawała woda.

Starał się patrzeć najpierw na piasek, potem powoli przesuwał wzrok trochę wyżej, wyżej, lecz tam już z wodą łączyło się niebo.

Mama rozłożyła koc i wyjęła z koszyka jabłka, tylko że on nie chciał jeść. Patrzył i patrzył. Ale niebieskie wchodziło w niebieskie. Coś było nie w porządku. Oczywiście! Z tego miejsca nie zobaczy drugiego brzegu! Stoi za nisko. Musi wejść wyżej. Mama była w dobrym humorze i pozwoliła mu chodzić po plaży pod warunkiem, że nie wejdzie do wody. Obiecał to jej szybciutko – właśnie zobaczył wieżę, taką jak na polanie u babci. Tylko że tam podobno wchodzili myśliwi, a tu siedział pan w samych slipkach. Tak, z tamtego miejsca będzie lepiej wi-

84

dział. Mama chciała, żeby zdjął ubranko, ale ściągnął tylko koszulkę, w spodenkach miał żołnierzyka i żółte piórko, więc przecież nie mógł tego tak sobie zostawić.

Strasznie wysoka była ta wieża. I stopnie miała takie jak drabina. Trzymał się poprzecznej barierki i nie patrzył na dół, bo robiło mu się niedobrze. Ale nie szkodzi. Jeszcze tylko parę stopni. Wytrzyma! Nigdy nie wchodził tak wysoko. Patrzył w dół, a nogi były coraz dalej od piasku. Wisiał w powietrzu. Chciał wymiotować. Zamknął oczy. A potem pomyślał o tacie. Będzie dzielny. I kiedy wychylił głowę nad drewniany pomost, ten pan w samych slipkach aż podskoczył i krzyknął: tu nie wolno wchodzić, co ty tu robisz! Wtedy dopiero troszkę się zachwiał, ten pan natychmiast chwycił go za ręce i wciągnął do siebie. Chciało mu się płakać, bo pan był zły, i chyba nawet go coś tak drapnęło w gardle, ale przecież musiał zobaczyć drugi brzeg!

Odwrócił się w stronę morza i patrzył, nie słuchał wcale, co tamten pan mówi. Ale morze wyglądało tak samo... rozwlekle, aż hen, hen i nic nie było widać tylko wodę i wodę. Musiał źle patrzeć! Niech go tamten nie szarpie, bo on musi zobaczyć, a tu wszystko coraz bardziej zatarte i za mgłą, nie, nie będzie płakał, jest już przecież całkiem duży, tacy duzi chłopcy nie płaczą! Wytrze szybko oczy i musi zobaczyć, musi, a tamten pan nachylił się nad nim, co ty musisz? Muszę zobaczyć drugi brzeg! Drugi brzeg? Przecież to jest morze! Pan się roześmiał, nic nie rozumiał. Ale ma drugi brzeg? Ma, ale nie zobaczysz, chodź sprowadzę cię na dół. Nic ale to nic nie rozumiał ten opalony pan. Nie da się nigdzie zaprowadzić, póki nie zobaczy, nie może zejść na dół, nigdzie nie pójdzie!

Machał rękami i nogami, przyszli jeszcze dwaj panowie i nie pamięta, co było dalej, tylko swoje stopy w piasku po kostki i mamę, która bardzo przepraszała tych panów.

Chciał zobaczyć drugi brzeg, mówił tamten pan w majtkach, już nie był zły, uśmiechał się do mamy, a mama powiedziała, ach tak? Ojciec sobie z nim żartował przed wyjazdem, widać potraktował to wszystko zbyt serio. Ach te dzieciaki, westchnął pan, a mama dodała, to jeszcze głuptasek.

I jak te słowa weszły mu do uszu razem z szumem fal, to zrozumiał, zrozumiał, że nigdy nie miało być kolejki, wspólnego układania torów, nigdy nie miało być dywanu i zamkniętych przed mamą drzwi ani semaforów, ani tunelu, ani śmiechu taty, ani biletów dla mamy, ani po prostu nic. I tata o tym wiedział, tylko z niego po prostu dzieciak. I tata wiedział, że on nie zobaczy drugiego brzegu. Dlatego się z nim założył. I obiecał, że kupi wszystko.

Wieczorem nawet nie płakał. Mama próbowała mu tłumaczyć, że morze jest takie duże, że nikt, ale to nikt nawet o najlepszych na świecie oczach nie potrafi zobaczyć drugiego brzegu, żeby się nie martwił. Ale mama nic nie rozumiała.

Już wiedział. Wiedział, że wystarczy pójść. Żeby się zbliżyć. Musi być takie miejsce, skąd widać Drugi Brzeg. I on to miejsce odnajdzie. Nie szkodzi, że woda jest taka zimna. Wie, że zobaczy, jak troszkę podejdzie do drugiego brzegu. Udowodni wszystkim. Tacie udowodni. Weźmie ze sobą tylko żołnierzyka. A mama chciała dobrze, to nie jej wina.

Dlatego zanim wymknął się wieczorem nad morze, położył przy jej łóżku żółte piórko ptaka.

Wieczne pióro

Krzyś Pędziwiatr miał przedziwną zdolność rozkochiwania w sobie dziewczynek. Robił to za pomocą wiecznego pióra. Ostre stalówki powszednich zapapranych atramentem obsadek, granatowych lub czarnych, rysowały papier, ciągnąc za sobą pasma celulozy cienkie jak włos, i zostawiały kleksy. Czasem litera es rozszarpywała papier, stalówka rozdwajała się przy zbyt mocnym przyciśnięciu, czarne krople rozmazywały mozolnie pisane zdania. Pióro Krzysia Pędziwiatra nie szarpało. Ślizgało się po papierze jak kulka, po tym śliskim śladzie szły zgrabne litery z niebieskiego atramentu. Na to pióro Krzyś rozkochiwał w sobie wszystkie dziewczyny w klasie.

– Chcesz potrzymać? – pytał, a jego ciemne oczy wbijały się w dziewczęcą nieśmiałość jak włócznie. Nie podstawiał nogi dziewczynkom ani nie ciągnął ich za włosy. Tylko Anię.

I tylko do Ani pisał drobne listy na wyrwanej ze środka dzienniczka podwójnej kartce papieru.

– Kocham cię jak nikogo na świecie – oświadczało pióro Krzysia Pędziwiatra.

Ania biegła na przerwie do łazienki szkolnej, zaciskając mocno dłonie na kartce od Krzysia. Zamykała się w kabinie i powtarzała aż do dzwonka – kocham cię, kocham cię, kocham cię. Siedziała na desce klozetowej, a Balbina waliła w zamknięte drzwi kabiny.

– Wychodź, chcę się wysikać!

Kocham cię. Kocham cię. Kocham cię. Ania szarpała za porcelanową rączkę. Kocham cię. Woda z szumem spływała do muszli. Jak nikogo na świecie. Balbina stała przed drzwiami kabiny.

– Głupia. – Balbina trącała ją w ramię. /Kocham cię/.

– Sama jesteś głupia. /Jak nikogo na świecie/.

– Jesteś głupia i Krzychu też jest głupi – mówiła z wyższością Balbina. – Tata mi kupi takie pióro.

Pióra wieczne wtedy nie istniały. W świecie dzieci nie było takich piór. Dorośli, bogaci i niesprawiedliwi mogli mieć czasami takie pióro. I Krzyś. Ale nie Balbina.

Kocham cię jak nikogo na świecie.

Ania uśmiechała się. Wracała na lekcje jak gdyby nigdy nic. Jakby nigdy nie dostała listu od Krzysia Pędziwiatra. Urywała ukradkiem kawałek kartki i pisała „ja też". Nad zet robiła się większa plamka, z jej pióra powszedniego – obsadka i srebrna stalówka – spływał atrament, żet robiło się ciężkie i duże. Ważne. Krzyś dostawał zwinięty w rulonik liścik, rozprostowywał go i patrzył na Anię. Ona patrzyła w okno. Ale słyszała, jak Krzyś Pędziwiatr wolno wyrywa następną kartkę. Patrzyła w okno. Za oknem wisiało – kocham cię.

Szelest zwijanego papieru przerywał ciszę. Ale ten szelest słyszała tylko Ania. Potem Ola stukała ją w ramię.

– Masz – szeptała, wychylając się i podając jej kartkę.

Zazdrośnie.

– Od narzeczonego – dodawała złośliwie.

Ożenię się z tobą, jak będę duży – obiecywało pióro Krzysia Pędziwiatra. Litera y wypływała spod pióra Krzysia jak ptak z urwanym skrzydłem. Przez to „duży" Ani robiło się ciepło.

Wracała do domu tak, żeby nie nadeptywać na przerwy chodnika. Żeby nie było żadnego nieszczęścia. Jak nadepnąć na przerwę między płytami, to można wywołać nieszczęście. Podskakiwała z radości, bo był maj, miała prawie dziewięć lat i była szczęśliwie zakochana.

– Krzyś obiecał, że się ze mną ożeni, jak będzie duży – oświadczyła rodzicom przy obiedzie.

Tego dnia był makaron z białym serem. Jej siostra grzebała w talerzu i wyciągała dłuższe pasemka widelcem. Chowała jeden koniec do buzi i z lekkim gwizdem powietrza wciągała makaron do środka.

– Niech ona się nie bawi jedzeniem – powiedział ojciec do mamy.

– Nie baw się jedzeniem – powiedziała mama do siostry Ani.

– Ożenię się z Krzysiem, jak będę duża – powiedziała Ania do nich.

Siostra Ani z westchnieniem odłożyła widelec.

– Nie umiem inaczej jeść – powiedziała.

– Niech ona się uspokoi, bo odejdę od stołu – zagroził ojciec.

– Jak będę duża – spróbowała jeszcze raz Ania.

Siostra Ani zassała makaron.

– Powiedziałem – powiedział ojciec i odszedł od stołu.

– Widzisz, co narobiłaś. – Mama Ani trzepnęła w głowę siostrę Ani.

– Mamusiu – powiedziała Ania – Krzyś...

– Idź przeproś ojca – powiedziała do jej siostry mama.

Siostra Ani wstała od stołu, sięgnęła do półmiska z makaronem i palcami chwyciła jeden długi makaronik. Makaron jak żywy zwinął się i zniknął w jej ustach.

Ania nasypała cukru na talerz.

Kocham cię.

Ser z makaronem i cukrem tworzył na talerzu jasną breję.

Jak nikogo na świecie.

– Nie baw się jedzeniem – krzyknęła mama do Ani.

Kocham cię jak nikogo na świecie.
Ożenię się z tobą, jak będę duży.

*

Krzyś Pędziwiatr miał lat osiem i pół. I nigdy nie miał więcej.

Miał lat osiem i pół, kiedy został na sztachetach płotu, przez który przechodził.

Płot był pomalowany na grafitowo farbą, którą jego rodzice przewieźli w zapasowym kole swojego starego mercedesa, nie płacąc cła, z zagranicy.

A wieźli ją z samego Berlina, ze średnią prędkością dziewięćdziesięciu kilometrów na godzinę.

Zanim Krzyś Pędziwiatr został na sztachetach płotu, rodzice rozbili starego mercedesa i siebie przy okazji na drodze Pułtusk–Wiązowna, przekraczając dozwoloną prędkość o sześćdziesiąt kilometrów na godzinę.

Ojciec Krzysztofa Pędziwiatra nie zauważył znaku „roboty drogowe" i wsunął maskę swojego mercedesa na walec.

Walec stał również na poboczu, porzucony przez robotników drogowych w chwili otwarcia wiejskiego sklepiku.

Robotnicy drogowi odczuwali silną potrzebę zaspokojenia pragnienia, które dręczyło ich od wczesnych godzin rannych, kiedy to zaczynali pracę.

Żeby wytłumaczyć jakoś ten karygodny fakt, że Krzyś Pędziwiatr został tak wcześnie sierotą, choć nie był nim długo, należy dodać, że rodzice w mercedesie spieszyli się do szpitala, gdzie na różyczkę umierała ich córeczka, a młodsza siostra Krzysia Pędziwiatra. Która zresztą zmarła, nie dowiedziawszy się, że umiera sierotą, chociaż od dawna w Polsce różyczka nie tylko była chorobą uleczalną, ale też szczepiono na nią dziewczynki około piętnastego roku życia.

Krzyś natomiast dowiedział się, można powiedzieć, hurtem o wszystkim, co w konsekwencji pozwoliło mu przechodzić przez płot bez stresu: ani matka, ani ojciec nie mogli mu już tego zabronić.

Owego dnia, parę miesięcy po zniknięciu mercedesa, rodziców i siostry, Krzyś podsunął swoje wieczne pióro Ani. – Zamiast pierścionka zaręczynowego – wyjaśnił. – Pierścionek kupię ci, jak będę duży.

Po czym wyszedł ze szkoły godzinę wcześniej. Wywołali go koledzy z równoległej klasy, która kończyła właśnie lekcje.

Krzyś, z poczuciem wolności i świadomy litości, która kazała zarówno nauczycielom, jak i babci, bo ta przejęła trud wychowywania wnuka, patrzeć przez palce na to, co zaczął wyprawiać, bez zbędnego tłumaczenia się komukolwiek z faktu opuszczenia ostatniej lekcji, a była to plastyka, poszedł z kolegami puszczać kaczki.

Była to zabawa polegająca na zbieraniu płaskich, obmytych przez wodę kamieni, i rzucaniu ich na wodę tak, aby się ślizgały po niej, a nie szły od razu na dno.

Tak więc Krzyś Pędziwiatr z kolegami najpierw puszczał kaczki, a że zrobiło się późno, wrócił do domu na skróty, to znaczy przez płot z metalowych sztachet, na których się zawiesił. Jedna przeszła przez jego bok, wślizgując się między żebrami lekko i bez zgrzytu, druga zaś osunęła się na kości ramienia, przytrzymując Krzysia w takiej pozycji. Żył jeszcze, kiedy przyjechało pogotowie.

Pogotowie zawiadomiła sąsiadka Krzysia, która usłyszała jego jeden długi rozpaczliwy krzyk. Lekarz, niestety, nie mógł zrobić nic poza dostarczeniem organizmowi Krzysia Pędziwiatra zastrzyku znieczulającego. Zastrzyk robił, stojąc na ramionach kierowcy karetki, ponieważ Krzyś wisiał wysoko. Sztachety zakończone były tak jak indiańskie włócznie, czymś na podobieństwo grotu, Krzyś lekko przez nie przeszedł w stronę ziemi, ale nie mógł już się cofnąć. Dopiero wezwana straż pożarna przyjechała na pomoc z odpowiednim sprzętem do cięcia metalu, niewykluczone że tym samym, którym rozcinali mercedesa rodziców Krzysia, żeby ich stamtąd wyjąć.

Sztachety były żeliwne i grube, ich przecinanie trwało dobrą chwilę.

Krzyś tymczasem z wysokości dwóch i pół metra obserwował głowy krzątających się wokół niego, choć może raczej należałoby powiedzieć – pod nim – ludzi i czuł dziwną błogość. Choć w pierwszym momencie myślał, że się boi, po zastrzyku zrobiło mu się lekko i już się nie bał. Zastanawiał go łysiejący środek głowy doktora, uzyskana perspektywa pozwoliła mu po raz pierwszy w życiu widzieć dorosłych z góry. Nie, nie po raz pierwszy. Przypomniał sobie, że kiedyś już widział czubki głów dorosłych ludzi, czubek głowy ojca, który go trzymał na ramionach, jak wracali skądś, wszyscy razem. Mama trzymała na ramionach jego siostrzyczkę, a tata jego. Nosy z góry szczególnie były śmieszne, zupełnie inne. Teraz miał okazję przyjrzeć się nosom innych ludzi. Nie podobało mu się to całe zamieszanie, ale jak już się jest tego wszystkiego uczestnikiem, warto skorzystać. Więc korzystał. Strażacy w hełmach stąd wyglądali jak dojrzałe prawdziwki, lekko błyszczące, słońce tego dnia świeciło mocno. Krzyś musiał mrużyć oczy, jak na te hełmy patrzył. Środek głowy doktora był różowawy, włosy okręcały się dookoła tego środka, śmiesznie jak zwinięta niedbale cienka linka. Dlaczego doktor ma taką różową głowę? Tata miał ciemne włosy, dużo ciemnych włosów, i kiedy ostatni raz – zanim zawisł na tych sztachetach – był tak wysoko, to trzymał tatę za brodę, gładko wygoloną, a jednak troszkę już szorstką. Tata z góry wyglądał śmiesznie – szczególnie ten nos – jakby doczepiony, taki rozdziawiony, niepotrzebny trójkąt. Tata go trzymał za nogi, a teraz nie czuł uścisku taty, kręciło mu się w głowie, nie czuł nóg, a jego trampek, zasznurowany, leżał na ziemi, tuż przy nogach kierowcy karetki.

Głowa Krzysia Pędziwiatra robiła się coraz cięższa, ale nareszcie nic nie bolało. Strażacy dostawili drabinkę i chwycili go mocno, razem z dwoma kawałkami sztachet został zdjęty, delikatne ręce przytrzymywały go, jak wtedy kiedy był malutki albo jak zasnął w samochodzie, i tata go wynosił, i to nie była całkiem prawda, że nie spał, bo się obudził i mógł sam iść, ale tata go wziął na ręce i on udawał, że śpi, i niósł go na trzecie piętro, a on był bezwładny, żeby się tata nie domyślił, że jednak nie śpi. Teraz też postanowił udawać, że się nie może ruszać, zrobił tak, żeby ciało było bezwładne, a niebo nad nim było coraz bardziej przezroczyste, nie musiał już mrużyć oczu, bo to tata go niesie w swoich silnych rękach, i jest już zmęczony, tak przyjemnie zmęczony i zaraz będzie noc i zaśnie, i mamusia jak zwykle przed snem przyjdzie i zrobi krzyżyk na czole i będzie mógł spać i spać, nareszcie się wyśpi za wszystkie czasy.

Kiedy Krzysia Pędziwiatra mocne ręce kładły na nosze, ze spiłowanych sztachet sfrunął na ziemię Anioł.

Był wysoki i postawny, a mimo to nikt go nie zauważył. Stanął przy drzwiach karetki, Krzyś otworzył jeszcze na moment oczy i uśmiechnął się do niego. Anioł miał twarz ojca i mrugnął.

Puścił oko po prostu. I też się uśmiechnął. Krzyś chciał się jeszcze raz uśmiechnąć, ale przypomniał sobie, że musi udawać śpiącego i bezwładnego, a potem drzwi karetki zamknęły się i samochód na sygnale pomknął w dół ulicą św. Barbary.

*

Ania miała prawie dziewięć lat i płowe warkoczyki, związane gumką z pociętej starej opony od roweru, kiedy dowiedziała się o śmierci Krzysia Pędziwiatra. Było to w szkole na pierwszej lekcji następnego dnia.

Na matematyce. W klasie już szumiało, ale Ania wpadła do klasy już po dzwonku na lekcję i nic nie wiedziała. Pani kazała dzieciom się uspokoić, podniosła linijkę i parę razy musiała uderzyć w blat swojego stolika, żeby zapanowała cisza.

Ania patrzyła na panią i była zdziwiona. Pani zawsze była dla nich dobra i nigdy się nie złościła, nawet jak Bartek nie umiał dodawać prostych liczb. Teraz pani nie wyglądała na dobrą, Ania ostrożnie odłożyła teczkę na krzesełko obok i nie wyjęła zeszytu. Patrzyła na panią, nową panią, która zaczęła mówić o Krzysiu. Że go nie ma. Że już nie przyjdzie do szkoły. Że będą musieli się z nim pożegnać. Okropne, głupie, niepotrzebne rzeczy mówiła pani, a Ania patrzyła na jej usta, które ogromniały, a spomiędzy warg wystawały zęby, jeden był krzywy,

Ania wcześniej go nie widziała, a z rozciągających się ust płynęły słowa, które były obce i niedobre.

– Już nigdy – mówiła pani – ...zawsze... – mówiła pani, a Ania wiedziała, że wszystko to wierutne bzdury. Krzyś jeszcze wczoraj ciągnął ją za nędzne warkoczyki i na pewno to jeszcze kiedyś zrobi, może nie dzisiaj, bo dzisiaj go rzeczywiście nie ma, może babcia przeniosła go do innej szkoły, ale nie wolno, na pewno nie wolno takich rzeczy mówić małej dziewczynce. Krzyś jeszcze nieraz pociągnie ją za włosy, a ona będzie udawać, że to nic a nic ją nie obchodzi. Bo Krzyś się w niej kochał i ona kochała Krzysia.

– Krzyś już nie żył, kiedy go zdejmowali z płotu – mówiła pani – i to dla was jest wielka, wielka nauka, żeby nigdy nie robić tego, co niebezpieczne. Ciebie, Antek...

Krzyś przechodził przez płot? Zawsze był najodważniejszy z całej klasy. Ale ten płot, to żelazne ogrodzenie, był nie do przechodzenia. Nie zrobiłby takiego głupstwa, na pewno.

– ...widziałam, jak przebiegałeś przez ulicę. Jest mi niezmiernie przykro, że w takiej chwili... – mówiła pani.

Ania chwyciła teczkę i podniosła się z krzesła.

– Siadaj, Aniu – powiedziała pani.

A Ania wtedy krzyknęła:

– Dlaczego pani nam to mówi? To nieprawda. Widziałam Krzysia przed szkołą, przed chwilą, to wszystko nieprawda, stoi jeszcze przed bramą, o!

Dzieci rzuciły się do okna, pani biła linijką w stół, ale nikt jej nie słuchał, a Ania otworzyła drzwi na korytarz i wybiegła z klasy. Niech ma, ta wstrętna głupia baba, za to, co jej zrobiła! Nie pójdzie już nigdy do tej szkoły i nie będzie słuchać już nigdy tej pani. Człowiek, który mówi takie bzdury, na pewno nie potrafi dzieci nauczyć niczego dobrego.

Biegła po chodniku w kapciach, z teczką w ręku, teczka obijała się o nogi. Było ciepło. Z jednego kucyka zsunęła się gumka i mysie włosy Ani powiewały z jednej strony jak skrzydło ptaka.

Mroczna klatka schodowa starego budynku pachniała lekką zgnilizną, jak stara piwnica. Po dwa stopnie, byleby szybciej, do domu, tam gdzie jest prawda. Ania biła pięściami w dębowe drzwi, potem usłyszała szybkie kroki i trzask dolnej zasuwy. Wpadła prosto w ramiona mamy, ciepłe i pachnące.

Następnego dnia pojechały do dziadków na wieś. Mama z nią pojechała. Przez cały maj i prawie cały czerwiec Ania chodziła do małej wiejskiej szkółki drogą wśród rosnących coraz wyżej łanów pszenicy. Po szkole biegła ze swoją nową przyjaciółką Marysią na łąkę. Pasły tam krowę Malwinę.

Przekładały kołek, do którego krowa była przywiązana, i pilnowały, żeby nie poszła w koniczynę. Maryśka wiedziała, że od koniczyny to krowa się robi taka opuchła, że może się rozpęknąć. Więc trzymały ją z dala od koniczyny. Kiedy były spragnione, doiły Malwinę prosto z cycka do buzi. Krowa stała spokojnie, zadowolona, że ktoś nareszcie ulży jej wymionom. Mleko było ciepłe i pachnące gnojem. Kiedy były głodne, Marysia częstowała ją grubymi pajdami chleba. Gniotły z niego kulki i dopiero takie twarde kulki wkładały do ust, a one tam miękły i robiły się naprawdę chlebowe.

Kiedy były zmęczone, kładły się na trawie i patrzyły w chmury. Chmury pędziły czasami po niebie jak dzikie, jak spuszczone ze smyczy psy, układały się w różne historie, które dziewczynki opowiadały sobie nawzajem.

Kiedyś Ania chciała powiedzieć Marysi o Krzysiu Pędziwiatrze, ale Marysia powiedziała, że nie ma takiego nazwiska, że to wymysł, Pędziwiatr to postać z bajki i Ania pod koniec lata zaczęła w to wierzyć.

Potem dojechała na wieś jej młodsza siostra. A kiedy lato minęło, przyjechał po nie tata i zabrał i je, i mamę do nowego mieszkania w zupełnie innym mieście.

Już nie wróciła do tamtej szkoły, w której tak bardzo wszyscy ją okłamali.

*

Tak więc Ania rosła, mysie kitki nad uszami ciemniały i zmieniły się w brąz, jasny, ale jednak brąz, podobny do skórki świeżo rozłupanych kasztanów.

Pewnego dnia kitki zostały obcięte, a włosy Ani zaczęły układać się w fale. W tym samym czasie przechodziła swoją wielką przemianę. Z dziewczynki stawała się kobietą. Choć nic się nie zmieniło i nawet piersi nie chciały jej urosnąć, mama pewnego dnia powiedziała: „Stajesz się kobietą". Bycie kobietą polegało na razie na sprawdzaniu, czy już ma pokrwawione majtki i pilnowaniu, żeby nikt nie zauważył tego wcześniej niż ona. Przyzwyczaiła się do tego prędko. Ale największym problemem był brak piersi. Któraś z koleżanek jej powiedziała, że na piersi dobrze robią kurze jaja. Ania wszystkie zaoszczędzone pieniądze zaczęła lokować w jajach, które w tajemnicy przed rodzicami jadła rano, wieczór i w południe. Inna koleżanka poradziła jej masowanie okrężnymi ruchami miejsca, w których chciałaby mieć piersi. Szorstką szczotką zadawała sobie Ania codziennie pod prysznicem ból, skóra czerwieniała wokół sutek, ale piersi pozostawały płaskie jak deska. Podwoiła liczbę jajek. Na masowaniu skóry wokół sutek złapała ją kiedyś mama. Krzyknęła:

– Co ty robisz, dziecko!

Ale Ania nie była już dzieckiem, była kobietą, i chciała mieć piersi. Za wszelką cenę.

Potem wcierała w nie oliwę i zmieniła szorstką szczotkę na gąbkę. Lecz i to nie pomagało.

Kiedy wyjechała na wakacje, zapomniała o piersiach. Nauczyła się skakać na główkę do wody z pomostu, zbierać raki wieczorem przy latarce, łapać ćmy i umieszczać je delikatnie na rozkładnicy, tak żeby nie uszkodzić skrzydeł i nie zrzucić delikatnego pyłku. Biegała po lesie boso, zachwycona delikatnością mchów i szorstkością igliwia, wspinała się na wiekowe sosny, których niskie grube gałęzie zapraszały do nieba, przyglądała się kijankom i żukom. Piersi przy tych czynnościach straciły swoją ważność. Kasztanowe włosy wiązała Ania w koński ogon, który łapał zielone igły sosen i jałowców, zapomniała, że chce być kobietą.

Z tych wakacji pisała wiecznym piórem Krzysia Pędziwiatra kartki – serdeczne pozdrowienia z wakacji przesyła Ania.

A kiedy wróciła do miasta, jej piersi zrobiły się ciężkie i od razu musiała kupić duży stanik. Teraz się wstydziła, że tak nienaturalnie wygląda, nie mogła swobodnie biegać, bo przy każdym podskoku bolało ją, tak samo jak przycinki kolegów, którzy zauważyli tę zmianę natychmiast i krzyczeli za nią na korytarzu – muuu!

Znowu chciała być dziewczynką, którą ciągnął za kucyki Krzyś Pędziwiatr, ale niestety, było już za późno.

Wieczne pióro schowała głęboko do prawej szuflady biurka, brudziło palce, i już prawie nikt nie pisał wiecznym piórem. Tata kupił

Ani długopis. Ten długopis oświadczał tylko, co to jest całka i co zdarzyło się dwieście lat temu.

I czasami Ani wydawało się, że słyszy cichy szept, gdzieś tam z góry, kiedy wieczorem przez otwarte okno wpadały nieuważne anioły.

Kocham cię jak nikogo na świecie.

Miłość i morderstwo

Agacie Ch.

I. MILIONER JOHN WATHE

Notariusz przetarł okulary.

– Nie bardzo rozumiem, dlaczego to robisz – powiedział, choć w gardle ściskało go z niepokoju. Nie płacono mu za komentarze. Pracował dla pana Johna Wathe'a od pięćdziesięciu lat. Wiedział, że starszy pan potrafił być mocno męczący, ale właśnie spisany testament zdumiał go bez granic.

John Wathe uchylił powieki. W jego oczach pojawił się młodzieńczy błysk. Zawsze mówił cicho, tym razem jego głos zabrzmiał jak grzmot.

– Jeszcze pożałują! – Blade usta starca rozciągnęły się w uśmiechu. O dziwo, prawie krzyczał. – Polują na mnie. Czekają, hieny. I nic nie mogą dla mnie zrobić, nic! Wiem wszystko! – John podniósł się na łóżku i chwycił notariusza za rękę. – Banda egoistów! Im chodzi wyłącznie o pieniądze! Zawsze! Mój wnuk Peter przegrał trzydzieści tysięcy dolarów i śmie do mnie przychodzić po tym wszystkim i prosić o czek! Był dość dorosły, żeby zrobić tej Hariett dziecko i nie chce ponosić żadnej odpowiedzialności! Wieczny chłopczyk w krótkich spodenkach! Tym razem nie!

Notariusz nie wiedział, co robić. Nigdy w czasie pięćdziesięciu lat ich znajomości milioner John Wathe nie pozwalał sobie na szkalowanie rodziny.

Tarł szkła, jakby chciał je przedziurawić.

– A Diana? Jedyna wnuczka... – ciągnął milioner John Wathe. – Ten jej absztyfikant puścił ją kantem, jak się dowiedział, że ona nic ode mnie nie dostanie! Ma do mnie pretensję, głupia, głupia, po trzykroć głupia! Wiele by dała, żeby mieć forsę i rzucić się w jego ramiona! Taka zakochana! A jej matka... stoi za nią murem... Przyszła i powiedziała, że zniszczyłem jej córce życie... Widziałem to spojrzenie... Jest zdolna do wszystkiego, wierz mi...

Notariusz siedział jak sparaliżowany.

– Ani słowa nikomu! Ani słowa! – John ściskał go mocno, za mocno jak na ciężko chorego człowieka. – Mają bardzo mało czasu... Muszę być ostrożny i czujny... Pamiętasz o tajemnicy zawodowej?

Notariusz włożył okulary i delikatnie uwolnił rękę. Nie spodziewał się zgoła, że starszy pan obarczy go tajemnicą własnej śmierci.

– Możesz na mnie liczyć.

– A więc załatwione. Jeśli mnie zawiedziesz,

nie dostaniesz tych dwustu tysięcy dolarów. Zabezpieczyłem się.

Milioner John Wathe chichotał, twarz mu się wykrzywiała w spazmatycznych skurczach.

– A zięć... Ten idiota nie wie, że wiem o jego romansie z tą panną Pilar. Głupiec! Tylko idiota może myśleć, że dwudziestodwuletnia pielęgniarka kocha bezinteresownie mężczyznę pod pięćdziesiątkę. Który myśli, że za moment będzie bogaty! Cha, cha, cha, już ja im pokrzyżuję plany!

Umilkł, opadł na poduszki, a potem spojrzał prosto w oczy notariusza.

– Dziękuję ci za te wszystkie lata. Teraz wyjedź i zgodnie z umową wróć za miesiąc. Mnie już może nie być na tym świecie...

Notariusz drgnął.

– Nie mów tak. Lekarze sądzą, że... to jeszcze potrwa.

– Nie przy takiej rodzinie. Banda egoistów. Wierz mi i bądź czujny. Postępuj zgodnie ze wskazówkami, a nie pożałujesz.

Notariusz podniósł się z miejsca. Nie chciał wierzyć, że to, co mówił stary człowiek, jest prawdą. Znał córkę Johna, Kathy, od urodzenia. Był na jej ślubie z Krisem, widział, jak rosną ich dzieci, Diana i Peter. Owszem, zauważył, że pielęgniarka pojawiała się w polu widzenia Krisa częściej, niż należało. Wiedział, że Peter miał kłopoty, zdarzało mu się grywać do białego rana w kasynie w mieście. Najbardziej żal mu było Diany. Narzeczeństwo nie trwało długo, ale jaka ona była zakochana! Rzeczywiście, narzeczony po rozmowie z panem Johnem wyjechał, zostawiając krótki list: „W tej sytuacji nie mogę ci zapewnić takiego życia, do jakiego jesteś przyzwyczajona, zasługujesz na kogoś lepszego niż ja. Będę czekał pół roku, może coś się zmieni". Brzydki list od małego człowieka. Diana – choć minęło pół roku – nie mogła chyba wybaczyć dziadkowi, że przyczynił się do tego rozstania.

Ale Kathy? Łagodna, dobra Kathy? Nie byłaby zdolna skrzywdzić ojca.

John Wathe wziął głęboki oddech i jego głos złagodniał.

– Byłeś dobrym przyjacielem przez te wszystkie lata. Dziękuję ci za wszystko i dotrzymaj danego mi słowa.

– Obiecuję – powiedział notariusz. – Do zobaczenia.

Starszy pan pokiwał przecząco głową.

– Żegnaj – powiedział. – Idźcie już.

Prawnik i świadek cicho zamknęli za sobą drzwi.

II. INSPEKTOR DAVID

Inspektor David Crobe był mężczyzną po przejściach. Od kiedy w jego życiu zabrakło Helen, nie czekał na nic. Dlatego bez większego żalu odwołał rezerwację hotelu w Pushington, gdzie po raz pierwszy od dwóch lat miał cieszyć się urlopem. Telefon od szefa obudził go nad ranem.

– Milioner John Wathe nie żyje. Jedź i rozejrzyj się. Cała ta sprawa mocno śmierdzi.

Inspektor David ogolił się, nie patrząc do lustra. Wiedział, co tam zobaczy. Zmęczona twarz trzydziestoczterolatka, od którego odeszła żona. Z najlepszym przyjacielem. Jak mógł do tego dopuścić? Jak mógł nie zauważyć? Helen wzięła nie tylko przyjaciela, ale i siedmioletnie oszczędności, przeznaczone na domek za miastem. Z utratą pieniędzy łatwo się było pogodzić. Gorzej z utratą Helen. Co zaniedbał? Czego jej nie dawał? Przecież kochał ją tak bardzo!

Wspomnienia już nie bolały, ale jakiś rodzaj otępienia pozostał. Pracował za dwóch. Brał trudne sprawy. Wyjeżdżał w teren. Mógł sobie na to pozwolić. Przecież nikt na niego nie czekał.

Rezydencja Johna Wathe'a była imponująca. Samochód Davida pokonywał drobne wzniesienia z ciężkim charkotem silnika. Minął z prawej jezioro leżące w przyjaznej dolinie i wjechał w cień alei lipowej. Zahamował na podjeździe, zastanawiając się, czy dobrze robi.

W drzwiach pojawiła się smukła postać. Kobieta miała włosy koloru miodu upięte w kok. Inspektor wysiadł. Kathy Childhood podała mu rękę.

– Mam nadzieję, że wyjaśni pan sprawę śmierci ojca. – W jej oczach zakręciły się łzy.

Mogła udawać, ale David czuł, że łzy są prawdziwe.

– Obiecuję pani, że dojdę prawdy.

Spojrzała na niego i teraz miał wrażenie, że się zaniepokoiła. Weszli do obszernego hallu. Kathy poprowadziła go na górę.

– Oto pański pokój. Zapraszam na obiad za godzinę, potem będziemy, do pana dyspozycji.

Inspektor rzucił torbę na łóżko. Stanął przy oknie i jego wzrok padł na ładną dziewczynę w kwiecistej sukience, podobną do Kathy, która dawała gwałtowne znaki ręką komuś, kto szedł od strony stajni. David wychylił się bardziej i zauważył młodzieńca. Syn Childhoodów, Peter, i córka Diana – znał ich z fotografii.

Dziewczyna wcisnęła bratu coś do ręki i ruszyła w stronę domu. Peter przyglądał się małej paczuszce. Inspektor sięgnął po lornetkę. Z domu wyszła Kathy. Młody człowiek, zobaczywszy matkę, odwrócił się w panice i szukając miejsca dla zawiniątka, szybko pochylił się i dźwignął marmurowego amorka.

Kathy podeszła do syna. Wprawne oko inspektora uchwyciło moment, kiedy Peter chował paczuszkę pod prawą stopą uśmiechniętego bożka miłości. Matka z synem ruszyli w stronę domu. Inspektor już, już chciał odłożyć lornetkę, kiedy w polu jego widzenia zamajaczyli młoda kobieta i starszy pan. Ukryci za krzewami tamaryszku stanowili jedną plamę. Kris Childhood, zięć nieboszczyka, trzymał kobietę za dłonie, potrząsał nią, ona się wyrwała i prze-

109

mknęła w stronę wejścia dla służby. On wyłonił się za chwilę, przecierając czoło. Wyraźnie zdenerwowany – zanotował inspektor.

★

Gong na obiad rozlał się po rezydencji cichym głębokim brzmieniem. Inspektor, już po przechadzce w ogrodzie i kilku rozmowach telefonicznych, zmienił koszulę i zszedł na dół. Kathy wskazała ręką na mężczyznę zza tamaryszku:

– Inspektorze, pozwoli pan, to mój mąż.

Mocny uścisk dłoni świadczył o tym, że Kris jest mężczyzną stanowczym.

– Moja córka Diana – głos Kathy nabrał miękkości, gdy w drzwiach stanęła śliczna brunetka. Kiedy inspektor poczuł jej dłoń w swojej, jego serce fiknęło koziołka, a w uszach zabrzmiały anielskie chóry. Dziewczyna od paczuszki patrzyła na niego błękitnymi niewinnymi oczami.

– Peter, to inspektor David, obiecał, że znajdzie mordercę dziadka.

– Miło mi – powiedział Peter.

Ręka Petera była wyraźnie niechętna dłoni inspektora.

Inspektor zastanawiał się, jak zareaguje Peter, kiedy zobaczy, że pod stopą amorka nie ma już buteleczki z lekarstwem nasercowym, które – jak dowiedział się z telefonicznej błyskawicznej rozmowy z kolegą – mogłoby zabić tuzin milionerów, zwłaszcza schorowanych.

Siadali już do stołu, kiedy drzwi do jadalni otworzyły się i stanęła w nich blondynka spod tamaryszku.

– Przepraszam za spóźnienie, w tej chwili wróciłam z zakupów.

– To panna Pilar, pielęgniarka. Opiekowała się do końca ojcem.

Blondynka wyciągnęła rękę, inspektor poczuł, że jej dłoń jest lekko spocona.

– Jestem prosto z drogi, przepraszam.

Fałsz w jej głosie był dla inspektora Davida tak wyczuwalny, jak fałsz w głosie byłej żony Helen, kiedy mówiła, że jedzie do chorej matki, a jechała wiadomo gdzie.

Dziwił się, że nikt oprócz niego tego nie zauważył. Rozglądał się ostrożnie po zebranych. Każdy z nich mógł być mordercą. Ale dlaczego tak bardzo nie chce, żeby mordercą okazała się ciemnowłosa Diana? Ona najwięcej zyskuje na śmierci Johna. Miała pół roku, żeby pogodzić się z ukochanym.

Głos panny Pilar przywołał do porządku rozbiegane myśli inspektora Davida.

– Czy pan mnie słucha, panie inspektorze? Ja wiem, kto zabił pana Wathe'a.

III. PANNA PILAR, PIELĘGNIARKA MILIONERA JOHNA WATHE'A

W ciszy, która zapadła po słowach panny Pilar, brzęk tłuczonego kieliszka zabrzmiał jak strzał armatni. Inspektor spojrzał na Krisa. Był

111

czerwony jak burak, wino rozlało się po śnieżno-
białym obrusie niby krew. Kris stał nad stołem.

– Zabraniam pani tak mówić! – krzyknął. –
Nie ma pani żadnych dowodów!

Panna Pilar pochyliła głowę, a kiedy ją podniosła, w jej oczach błyszczały prawdziwe łzy. Inspektora przeszedł dreszcz. Jak w oczach jego
żony, kiedy przysięgała, że go kocha, że była
u przyjaciółki, a była wiadomo gdzie.

– Muszę powiedzieć prawdę! Pan John nie
zasługiwał na taki koniec! To pani! – Umalowa-
ny na złoto paznokieć skierowany był prosto na
osobę siedzącą po przeciwnej stronie stołu. –
Wiem, że to pani! Słyszałam pani kłótnię z panem Johnem, prosił panią o coś, a pani krzycza-
ła „mogłabym cię zabić".

Inspektor patrzył na dłoń pielęgniarki. Ką-
tem oka jednak obserwował to, co działo się między Peterem a Dianą. Szybkie spojrzenie – poro-
zumiewawcze spojrzenie – oto co dojrzał. Poza
tym? Ulga? Niepokój? Niepokój Diany obudził
na dobre jego martwe serce. Dlaczego ona się
niepokoi? Co ma na sumieniu?

Paznokieć panny Pilar wisiał w powietrzu
naprzeciwko twarzy Kathy. Kris położył rękę na
ramieniu żony.

– To nie ona! Nie ona! To nie moja żona, inspektorze, proszę mi wierzyć!

– Ha! – Twarz Pilar wykrzywiła się w gryma-
sie złości. – Proszę zapytać, czy nie rozmawiała
ze mną o środkach nasercowych? Czy nie pytała pani w piątek, jaka dawka wystarczy, żeby

serce przestało bić? To, co pomaga, może również szkodzić! Ale ja nie mogę milczeć, nie mogę! – Panna Pilar rozszlochała się. – Pan John był dla mnie taki dobry...

Diana spuściła głowę i przez moment inspektor David mógł patrzyć na prosty przedziałek dzielący jej włosy na dwie części. Nie wiadomo dlaczego wzbudziło to w nim dawno zapomnianą tkliwość, a anielskie chóry w uszach zabrzmiały jeszcze głośniej.

Odgłos odsuwanego krzesła był zbyt głośny jak na to kulturalne towarzystwo. Kris podniósł się i powiedział:

– Panie inspektorze, panna Pilar nie wie, co mówi. Oczywiście środki nasercowe były cały czas w naszym domu, teść je zażywał regularnie, wszyscy jesteśmy pod wrażeniem tego, co się stało, ale doprawdy, moja żona akurat nie miała z tym nic wspólnego!

Krisowi trzęsły się ręce, kiedy podnosił serwetkę, żeby otrzeć kąciki ust. Kathy trwała nieporuszona. Kłamie – pomyślał inspektor, tak jak kłamała Helen, kiedy mówiła, że wszystko między nimi w porządku.

– Panie inspektorze, ja wiem, gdzie pani Kathy schowała te środki! Widziałam, jak wynosiła je z pokoju starszego pana! Maleńka buteleczka z żółtym napisem, na mój widok speszyła się, to było dwa dni po rozmowie, na temat szkodliwości tabletek! Niech pani się przyzna! Zresztą Kris wie, gdzie to schowała, bo sam mi o tym powiedział!

Fiolka z żółtym napisem spoczywała w torbie inspektora na górze, w jego pokoju. Również notes z notatkami, które inspektor zdążył zrobić przed wyjazdem. Również wyniki sekcji i inne dokumenty.

Kathy podniosła dumnie miodowy kok i spojrzała prosto w oczy inspektora.

– Panna Pilar nie kłamie. To ja podałam ojcu śmiertelną dawkę leku. Prosił o to. Nie chciał już żyć. Guz mózgu, który ujawnił się trzy miesiące temu, zabijałby go po trochu. Wyłączałby funkcje ciała. Nie mogłam na to pozwolić. Jestem gotowa ponieść konsekwencje swojego czynu!

– Mamo! – krzyknęła Diana. Za szybko, za głośno. Peter uspokajająco położył jej rękę na kolanie.

Nic nie mogło ujść uwagi inspektora.

Ale inspektor patrzył również w brązowe oczy Kathy i widział, że kłamie.

Panna Pilar usiadła i szybkim haustem wypiła wino. Kathy czekała na reakcję inspektora. Inspektor nakładał sobie ziemniaki na talerz i powoli zbierał myśli. To nie ona, nie ona. Więc dlaczego to robi?

Panna Pilar przesłała umęczone spojrzenie Krisowi. Kris jednak stał nad stołem jak wmurowany.

Inspektor był zmęczony.

– Proszę usiąść. Czy wie pan, gdzie żona schowała fiolkę z lekarstwem?

– Nie muszę zeznawać przeciwko żonie! – wymknęło się Krisowi.

Co za gnida. Inspektor podniósł do ust kęs befsztyka. A może mu się rzeczywiście wymknęło? – pomyślał, a głośno powiedział:

– Jeszcze nikogo nie oskarżyłem.

– Jako rodzina mam prawo do odmowy zeznań...

Nic gorszego nie mógł powiedzieć. A jednak... Inspektorowi nie starczało widać wyobraźni.

– ...ale z niego nie skorzystam – dokończył Kris.

Panna Pilar zamarła w zadziwieniu, Kathy zwiotczała na swoim miejscu. Po prostu siedziała tam kupka eleganckich ubrań, bez kobiety w środku.

– Ale z ciebie szuja, tato... – Peter odsunął się z krzesłem od stołu.

Diana spojrzała na inspektora i teraz zamarł inspektor. We wzroku Diany czaiła się nienawiść. Taka sama jak w spojrzeniu Helen, kiedy odchodziła.

– Wiem, gdzie schowana jest fiolka, ponieważ sam ją tam położyłem. – Kris stał naprzeciw inspektora Davida dumny i potężny. – Sam ją tam schowałem, ponieważ to ja zabiłem swojego teścia.

IV. KRIS CHILDHOOD, ZIĘĆ MILIONERA
JOHNA WATHE'A

– To nieprawda! Nieprawda!

Piskliwy głos panny Pilar przerwał ciszę. A jednak w tej ciszy inspektor usłyszał cichy wiew powietrza wypuszczanego z ust Diany. Peter opadł na krzesło i z niebotycznym zdumieniem wpatrywał się w ojca.

– Ty oszuście – piszczała panna Pilar. – Ty oszuście! Cały plan na nic! Jak mogłeś mi to zrobić? Mogliśmy być tacy szczęśliwi! Taka jest prawda, inspektorze! Mamy romans! Żona go w ogóle nie rozumiała! On nie jest z nią szczęśliwy! Co ty robisz? Dlaczego jej bronisz?

I panna Pilar rzuciła się na Krisa.

Wtedy Kathy miękko i bez słowa osunęła się na podłogę. Silne ramiona Krisa podniosły ją bez trudu. Peter zerwał się od stołu i pochylił nad obojgiem. Choć inspektor nie podsłuchiwał, usłyszał cichutkie słowa Petera:

– Tato... Ja mam tę fiolkę...

– Czy mogę żonę odprowadzić do sypialni? Nie ucieknę panu, przy żonie zostanie córka, ja wrócę za chwilę. – Głos Krisa brzmiał władczo. – A ty – zwrócił się do Pilar – jesteś zwolniona.

– Nikt nie jest zwolniony, dopóki ja tego nie zarządzę. – Inspektor nienawidził siebie samego za te słowa. Spojrzenie, które posłała mu Diana, przeszyło go na wskroś. Chóry anielskie w jego uszach zabrzmiały jak dzwon żałobny.

Kris troskliwie wziął w ramiona Kathy i wraz z synem i Dianą zniknęli w głębi domu. Panna Pilar zarumieniła się ze złości i wyszła, trzasnąwszy drzwiami.

Inspektor siedział sam przy stole i sączył wino. Wiedział, jaki był stan zdrowia Johna Wathe'a. Wiedział, że szybki spadek pozwoliłby Dianie na powrót związać się z ukochanym. Peterowi pozwoliłby zapłacić długi i być może spłacić tę dziewczynę, która spodziewała się jego dziecka. Od Krisa nie oczekiwał wyjaśnień – to konto jego żony było obciążone na sumę 320 tysięcy dolarów, o czym dowiedział się przed obiadem.

Sprawa nie była tak prosta, jak mu się zdawało. Choć podejrzewał, no, przeczuwał, kto zabił, na samą myśl o tym przechodził go zimny dreszcz. To niemożliwe, muszę być bardzo ostrożny – myślał. – Taki szatański plan mógł wymyślić tylko głęboko zraniony człowiek.

W chwilę potem Kris i Peter pojawili się w drzwiach. Kris usiadł przy inspektorze, Peter był spokojny, choć chłód przebijał z każdego jego gestu.

Kris sięgnął po butelkę i nalał sobie pełny kieliszek wina.

– Może mnie pan aresztować, inspektorze. Nie mam nic do stracenia. Rzeczywiście miałem romans z Pilar. Moja żona... – Kris zająknął się. – Ostatnio nie działo się między nami najlepiej. Ja...

Peter wpatrywał się w ojca z napięciem.

– Ja nie wiedziałem, co robię... Chciałem zacząć nowe życie z Pilar. Do tego były potrzebne pieniądze... Pieniądze Johna... Powiedziałem Pilar, gdzie żona...

– Gdzie pan schował fiolkę? – Inspektor dopijał powoli swoje wino.

– Wszystko mi się miesza... jestem zmęczony. Ta... ta... – Kris szukał odpowiedniego słowa – wykorzystała wiadomość o długu Kathy przeciwko niej. Pan Bóg mi chyba rozum odebrał. Trudno. Przynajmniej...

– Przynajmniej pańska żona pokryje dług, który wynosi 320 tysięcy dolarów, prawda?

Peter patrzył na ojca nierozumiejącym spojrzeniem. Kris zbladł.

– Skąd pan wie? Przecież konta objęte są tajemnicą bankową!

– Nie w przypadku śledztwa o morderstwo.

– Kathy... Ona nie wiedziała, co robi... Na co się zgadza... Ja zainwestowałem na giełdzie w zeszłym roku, ale...

– Ona miała powód, żeby zabić własnego ojca. Lada moment bankierzy weszliby na hipotekę waszego domu.

– Nie, inspektorze, nie! Ja znam tę kobietę od dwudziestu pięciu lat. Kocham ją. To niemożliwe! – Kris opanował się. – Niemożliwe, ponieważ to ja zabiłem. I te pieniądze tak naprawdę sprzeniewierzyłem ja. Powiem prawdę.

Peter wpatrywał się z napięciem w twarz ojca.

– Owszem, zapomniałem się. Panna Pilar była blisko, a Kathy... Już mnie nie kochała. Mia-

ła pretensję, że zainwestowałem jej pieniądze... i przegrałem. Nienawidziła mnie. Myślałem, że mogę zacząć od nowa... Panna Pilar mówiła, że mnie kocha. Kochała spadek po Johnie.
A ten stary skąpiec nie dawał nam ani grosza.
Kathy nie mogła stracić domu, w którym się
wychowywała.

– Kris – kobiecy głos zabrzmiał miękko i łagodnie. – Jak mogłeś myśleć, że cię nienawidzę... – Kathy stała w drzwiach, oparta na ramieniu Diany. – Zrobiłeś to dla mnie... żebym
nie straciła tego, co kocham najbardziej... Ale
stracę to, jeśli jesteś winny... Mogę żyć gdziekolwiek, lecz nie bez ciebie, nie rozumiałeś tego?

Kris w sekundzie znalazł się przy żonie. Inspektorowi zakręciły się w oczach łzy. No, stanowczo był zbyt zmęczony. To na pewno uczulenie na
jakieś pyłki. Odwrócił wzrok od małżonków.

I wtedy usłyszał mocny głos Petera:
– Niczego nie stracisz, mamo, ponieważ to ja
zabiłem dziadka...

V. PETER CHILDHOOD, WNUK MILIONERA JOHNA WATHE'A

Inspektorowi kręciło się w głowie. Jedno
morderstwo i trzech morderców przyznających
się kolejno do winy. To się zdarza tylko w po-
wieściach. Zobaczył trupio bladą twarz Diany
i rozszerzone ze zdumienia oczy Kathy. Kris

trwał nieporuszony przy żonie. Inspektor David zrozumiał, że potrzebuje powietrza. W salonie było albo duszno, albo wypił za dużo wina. Słabym głosem powiedział równocześnie z Krisem:

– Słucham?

– To ja zabiłem dziadka. Fiolka po lekarstwach jest pod stopami amorka w ogrodzie.

Inspektor nie mógł przeoczyć faktu, że Diana spojrzała na brata karcąco.

– Położyłem ją tam dzisiaj przed południem. Bałem się, że będzie rewizja czy coś takiego. Byłem zadłużony. Dług karciany to dług honorowy. Harriet jest w ciąży. Myślałem, że... dziadek i tak był ciężko chory. Skróciłem mu męki. Przyniosę panu tę fiolkę. – Peter ruszył w stronę drzwi.

– Nie trzeba, młody człowieku. Dowód rzeczowy jest już u mnie. – Inspektor potarł dłonie. Jakoś dziwnie mu spotniały.

– To jedyny dowód w tej sprawie, inspektorze? – głos Diany był ciepły. Serce inspektora Davida znów fiknęło koziołka, a chóry w jego uszach poweselały.

– Ale wystarczający – powiedział, choć nie lubił siebie za to kłamstwo.

– Mamo, zadzwoń po herbatę. – Diana usiadła obok inspektora i uśmiechnęła się. – Napijmy się herbaty.

Kathy podniosła mosiężny dzwonek i zadzwoniła po służbę. Wszedł służący z imbrykiem z chińskiej porcelany i filiżankami. W takiej chwili myśleć o herbacie? I to zaraz po obiedzie? To również inspektorowi nie mieściło się w głowie. Ale z takich rąk jak ręce Diany... Nalała do pełna filiżankę, robiła to długo, pieczołowicie. Potem podała mu cukier. Jego własna żona nie podawała mu herbaty.

Wypił odrobinę, cała reszta towarzystwa trwała bez ruchu i przyglądała mu się z niepokojem. Zmarszczył czoło.

– Pamiętam pana wypowiedź, była puszczona w HBR, brał pan udział w wiecu przeciwko legalizacji eutanazji.

– Tylko krowa nie zmienia poglądów, inspektorze.

– Pamiętam również zeznanie służby... Pana Giowaniego zacytuję: „Wtedy pan Peter wybiegł wzburzony z pokoju pana Johna, krzycząc: «nie zmusisz mnie do tego»". Czy nie chodziło o prośbę chorego, żeby skrócić mu cierpienia?

Inspektor David patrzył badawczo w twarz Petera.

– Nie. Dziadek chciał, żebym ożenił się z Harriet. Uważał, że mężczyzna musi odpowiadać za swoje czyny. A ja nie lubię, kiedy mi się dyktuje, co mam robić. To wszystko, co mam do powiedzenia...

– Ale Peter – głos Diany był cichy jak szmer – przecież ty...

– Zamknij się! – Peter ściął słowa siostry jak siekierą. – Nic nie mów!

– Czy pani chce uzupełnić zeznania brata? –

Inspektor zwrócił się wprost do Diany i ku swojemu zdumieniu zobaczył, jak jej wątłe ramiona prostują się.

– Nie? – Omiótł wzrokiem zebranych.

Ładna rodzinka, nie ma co. Nic się nie zgadzało. Musiał weryfikować cały misternie ułożony przez siebie plan. Osoba najbardziej niewinna jest winna – myślał.

– Proszę mnie aresztować! – krzyknął Peter. – I skończmy tę szopkę!

Dlaczego on się tak denerwuje? David był zmęczony. Sączył herbatę, miała dziwny wschodni smak. Dzień okazał się za długi. A może to świeże powietrze tak na niego wpłynęło? Inspektor był bardzo, ale to bardzo zmęczony.

– Przepraszam państwa, lecz muszę odpocząć. Dokończymy jutro.

Inspektor wstał od stołu i chwiejnym krokiem ruszył przed siebie. Schody wydłużały się w nieskończoność, z trudem dotarł do łóżka i nie pamiętał, kiedy zasnął.

Nie mógł słyszeć, że ktoś wsunął się za nim do pokoju.

VI. GIOWANI, SŁUŻĄCY MILIONERA JOHNA WATHE'A

Inspektor obudził się o świcie z ciężką głową. Zwlókł się z łóżka, zrzucił ubranie i wziął długi prysznic. Okręcił się ręcznikiem i wrócił do pokoju. Spojrzał na porozrzucane w nieładzie rzeczy. Nie miał wątpliwości, że fiolka zniknęła. Podniósł i włożył do torby notes i lornetkę. Naiwność rodziny Childhoodów sięgnęła dna. Szkoda. Zanim porozmawia z Dianą, przeprowadzi krótką rozmowę z Giowanim. Parę rzeczy wymaga wyjaśnienia. Tak dali się nabrać na fiolkę leków? Jadąc tutaj, sprawdził w aptece, co, kto i kiedy kupował. Prowincjonalni aptekarze traktują swój zawód bardziej serio niż ci w mieście. Obejrzał spisy z dwóch ostatnich miesięcy. I to nie lek na serce przepisywany od lat starszemu panu wzbudził jego podejrzenia.

Ale jak w takim tempie zaczną się samooskarżać, sami wydadzą na siebie wyrok. Wcześniej czy później. Zamknął oczy i położył się w ręczniku na łóżku. Biedna Diana! Myśli, że ten facet byłby ją kochał, gdyby była bogata. Dwóch rzeczy nie można kupić – zdrowia i miłości. Ale o tej prawdzie na ogół dowiadujemy się zbyt późno. Tylko John Wathe o tym wiedział.

Inspektor David pomyślał ciepło o tym nieznanym sobie człowieku.

Telefon do notariusza również niczego nie wyjaśnił. Notariusz wspomniał tylko, że testament ma być otwarty miesiąc po śmierci Johna Wathe'a. Powiedział, że świadkiem ostatniej woli był Giowani, oraz że on sam przez najbliższy miesiąc nie będzie uchwytny.

Inspektor David nie mógł zasnąć. Widział słabego człowieka na łożu śmierci, otoczonego rodziną, która go nienawidzi. Pieniądze nie dają szczęścia.

Kiedy powtórnie otworzył oczy, blask słońca zalewał pokój. Było wpół do siódmej. Znakomita pora, żeby porozmawiać z Giowanim. Ale trzeba to zrobić umiejętnie.

Ubrał się i zszedł na dół. Nie mylił się – cały dom spał, tylko w kuchni kręciła się służba. Giowani zaparzył kawę i usiedli obaj na tarasie.

– Ale panie inspektorze, ja nic nie wiem – zastrzegł się wierny sługa. Kawa pachniała smakowicie.

– Kiedy pan John dowiedział się, że jego guz mózgu jest nieuleczalny?

– O, dawno, ale nie pamiętam kiedy.

– Czym był pan tak zburzony, że w dzień jego śmierci włożył pan buty nie od pary? – Inspektor rozkoszował się świeżym porankiem.

– Niczym, proszę pana, niczym. – Giowani był poruszony, ale David nie zwracał na to uwagi.

– Dlaczego z pana polecenia w dniu śmierci pana Wathe'a została zwolniona służąca Beatris?

– Ona... – Giowaniemu plątał się język.

– Czy nie dlatego, że wiedziała, kto zamówił w aptece za dużo leków na serce? Kto zamówił dodatkowe strzykawki?

– Ale... Przecież pan Wathe otrzymywał dożylnie środki...

– Przez wenflon na stałe wprowadzony do żyły. Zamówienie z piętnastego, robione

124

przez pannę Pilar, obejmowało dwadzieścia sztuk. Po co komu innemu potrzebne były strzykawki?

– Ale to nie pani Kathy zamówiła strzykawki... – wyszeptał Giowani.

Inspektorowi zrobiło się przykro.

– Niech mi pan pomoże, zanim ktoś niewinny wyląduje w więzieniu.

Giowaniemu pot spływał z czoła.

– Pan John strasznie się denerwował, że oni nic dla niego nie chcą zrobić. Że chcą, żeby zdychał tak jak warzywo. Strasznie się pieklił, a oni byli dla niego tacy dobrzy... Tylko że przez niego odszedł od panny Diany ten człowiek... Najpierw starszy pan obiecał pieniądze, a potem się rozmyślił. Zupełnie nie w jego stylu. I wtedy pani Childhood bardzo go prosiła, a on krzyczał, że nic nie dostaną, skoro nic nie rozumieją! I pan Kris z nim rozmawiał, słyszałem niechcący, jak krzyczał; „Ojciec to celowo robi! Ale ja znajdę sposób!". I pan Peter, od kiedy się ożenił, też potrzebował gotówki...

– Peter się ożenił?

Giowaniemu pot zalał czoło.

– Boże, Boże, obiecałem, że nigdy nikomu, to była tajemnica... Przecież panna Hariett była w ciąży, ale oni to już dawno planowali. Tylko pan Peter się uparł, żeby nic nie mówić, żeby się dziadek nie dowiedział, żeby nie myślał, że to pod jego naciskiem... Niech pan o tym nie wspomina...

I wtedy wzrok inspektora Davida padł na pobladłą Dianę, która wyszła zza drzewa i stanęła przy nich. Ale Diana się zachowywała tak, jakby nie widziała inspektora. Wlepiła wzrok w Giowaniego, a Giowani cofał się przed jej spojrzeniem.

– Dlaczego mi nie powiedziałeś? – wyszeptała i David wiedział, że ma do czynienia z kobietą przestraszoną. Dlaczego nie mógł jej ochronić?

– Bo panicz zakazał. Powiedział, że przyjdzie czas, to powie... Ojej, panienko, proszę na mnie tak nie patrzeć, chciałem dobrze... Nic więcej nie mogę powiedzieć, nie mogę powiedzieć...

– Jesteś wolny, Giowani. – Diana usiadła przy inspektorze. – Niech pan go nie męczy. Musi pan porozmawiać ze mną.

Giowani spojrzał na Dianę i wstał.

– To ja zamówiłam strzykawki. Mój dziadek nie zginął od tabletek nasercowych. Wstrzyknęłam mu 400 gramów potasu. To zabije każdego. Mój brat o tym wiedział i postanowił mnie chronić – powiedziała Diana i inspektor poczuł, jak ziemia usuwa mu się spod nóg. Znał wyniki sekcji i wiedział, że Diana nie kłamie.

Spojrzał na Giowaniego. Giowani wyglądał na zdruzgotanego, ale kiedy się odwrócił, w szklanych drzwiach tarasu przez sekundę inspektor widział odbicie jego twarzy.

Giowani uśmiechał się pogodnie.

VII. INSPEKTOR DAVID I DIANA, WNUCZKA MILIONERA JOHNA WATHE'A, SIOSTRA PETERA

Inspektor szedł z Dianą polną drogą. W głowie kłębiły mu się myśli. Wszystko to było pozbawione sensu. Diana po raz pierwszy wyglądała na odprężoną. Jej ciemne włosy lśniły w słońcu i inspektor powstrzymywał się, żeby ich nie dotknąć. Włosy morderczyni. Niewiele rozumiał z tego, co się działo, ale instynktownie czuł, że po raz pierwszy w życiu chce zrezygnować z zawodu.

– Kochaliśmy dziadka, był dobry – mówiła Diana. – Potem nagle się zmienił, wszyscy to odczuliśmy. Może to był już wpływ choroby. Mama zabrała buteleczkę lekarstw, które dziadek zamówił przez tę Beatris, zwolnioną służącą. Chciał je zażyć i skończyć ze sobą. Mama nie wiedziała, co to jest, i rzeczywiście pytała Pilar o ich moc. Mogło wyglądać, że to ona... Ojciec zachował się wspaniale, prawda? Czułam, że zawsze mamę kochał. Przyznał się, żeby ją chronić. A mama myślała, że to Peter, bo on najbardziej potrzebował pieniędzy. Hariett jest zamożna, Peter nie chciał być u niej w kieszeni i dlatego opierał się pomysłowi ślubu. Chciał stanąć na własnych nogach. Być mężczyzną. Oni się bardzo kochają.

Diana patrzyła na inspektora, a jego serce fikało koziołka za koziołkiem i czuł, że gdyby spotkał tamtego chłystka, który tak niecnie ją

127

porzucił, toby go zabił. Za głupotę i bezmyślność. Za to, że miał w ręce taki skarb i tego nie widział. Pomyślał również, że sam był głupcem, tęskniąc za Helen, skoro po tym świecie chodziły takie dziewczyny jak Diana. Niedostępna dla niego na zawsze. Spojrzał na profil Diany, delikatny jak stara chińska rycina i zanim pomyślał, z jego ust wypłynęło pytanie:

– Warto było dla takiego chłystka?

– On się zmienił – powiedziała Diana, a inspektorowi zaparło dech w piersiach. – Już dawno nie gra. Dziecko musi mieć ojca. A on chciał chronić rodziców. Mam nadzieję, że pan to rozumie.

Teraz inspektor niewiele rozumiał. Zaraz, zaraz, ona mówi o bracie...

– Peter jest dobry. Ale ja byłam z dziadkiem związana najsilniej, każdy panu to powie. Nie mogłam patrzyć, jak on cierpi. Myślałam, że się nie wyda... Tyle leków... Potas przecież nie zostawia śladów... Dziadek brał potas... Nie męczył się, to była chwila...

– Nie mówiłem o Peterze, mówiłem o tamtym... przecież chciała pani, żeby wrócił...

– Inspektorze... – Diana uśmiechnęła się łagodnie – nie dałabym za jego powrót złamanego grosza... Zrobiłam to dla dziadka, nie dla niego... On mnie nie kochał, kochał tylko moje pieniądze... Dlatego tak trudno mi się z tym pogodzić... A Peter jest wspaniały. Ileż trzeba odwagi i męstwa, żeby podjąć taką decyzję. Hariett jest zamożna, on nie ma nic. Wahał się...

To trudne dla mężczyzny. Mam nadzieję, że będą bardzo szczęśliwi. Hariett kocha jego, a nie jego pieniądze. Dobrze, że to zrozumiał.

Inspektor powziął decyzję. No cóż, straci tę pracę. Wyrzuci dowody rzeczowe. Zgubi pobrane kwity z apteki, nikt nie dojdzie prawdy. Tej dziewczynie nie należy się kara. Gdyby to wszystko miało miejsce w Holandii, nikt by nie ucierpiał. Nie, nie zgadza się z eutanazją, ale dla ukochanej kobiety warto poświęcić poglądy.

Żeby tylko milczeli. Skoro potrafili tak nieprzekonująco kłamać, niech teraz kłamią w dobrej wierze. John Wathe został cudownie ocalony. Diana ma przed sobą życie. To ona zabiła, bo tylko ona wiedziała, co było przyczyną śmierci.

Stanął przed nią i chwycił ją za rękę.

– Niech pani posłucha, Diano. Dowody winy mam w ręku. Zniszczę je. Nie dopuszczę do tego, żeby pani życie legło w gruzach. Nie zgadzam się z pani teorią o śmierci. Uważam, że tylko Bóg nam dał życie i tylko Bóg może je odebrać. Ale mniejsza z tym. To już pani sumienie. Jednak nie mogę przyłożyć ręki do pani zguby. Wiem, co to znaczy, jak bliski człowiek odejdzie. Ale życie na tym się nie kończy. Niech pani żyje szczęśliwie. Pojadę do miasta po południu. Niech pani porozmawia z rodziną. Ustalcie wersję, która nie będzie sprzeczna. Śledztwo zostaje umorzone wobec braku dowodów winy. Niech panią Bóg ma w swojej opiece.

Fiołkowe oczy Diany znalazły się niepokojąco blisko. Zanim inspektor się zorientował, wilgotne usta dziewczyny dotknęły jego ust.

– Cudowny z pana człowiek. Mogłabym pana pokochać. Ale nie przyjmę tego prezentu. Tak będzie najprościej.

Zanim David zdążył się zorientować, Diana odwróciła się na pięcie i pobiegła w stronę domu. Stał przez chwilę w miejscu i próbował ochłonąć. Dlaczego kiedyś wydawało mu się, że kocha Helen, byłą żonę?

A potem z szybkością błyskawicy przez mózg przeleciała mu scena, kiedy pierwszy raz zobaczył Dianę. Przypomniał sobie jej sukienkę w różowe kwiaty i moment, kiedy fiolkę z lekarstwami oddawała Peterowi. I jego ściśnięte bólem serce nagle znów fiknęło radosnego koziołka.

VIII. NOTARIUSZ MILIONERA JOHNA WATHE'A

Równo miesiąc po śmierci pana Johna Wathe'a inspektor przyjechał do rezydencji Childhoodów. Stary notariusz siedział w salonie. Peter i kobieta, w której inspektor domyślił się Harriet, odwrócili się ku niemu i Peter uśmiechnął się szeroko. Diana stała przy kominku. Inspektor nie wiedział, czy powiadomiła o wszystkim rodzinę. O tym, że on, David, przyjął jej oświadczyny. Ostatecznie był prawdziwym mężczyzną, a ona obiecała, że będą żyli na poziomie, jaki on jej zapewni. Miłość była ważniejsza niż pieniądze. Inspektor nie bardzo wiedział, jak się zachować. Ale był tutaj w innym celu. Obiecał, że wszystko wyjaśni. Notariusz zadzwonił do niego wczoraj wieczorem i poprosił o przybycie. Kathy Childhood podeszła do niego z wyciągniętymi ramionami.

– Witam pana serdecznie, Davidzie. Tak się cieszę!

Kris mocno potrząsał jego ręką. A Diana podeszła i po prostu pocałowała go w usta. Inspektor David poczuł, że robi się czerwony jak burak.

Peter przyjaźnie poklepał go po ramieniu.

– Inspektorze, to moja żona Harriett. Czy mogę do pana w tej sytuacji mówić po imieniu?

Diana uśmiechnęła się promiennie i zaprowadziła go do barku.

– Czego się napijesz?

Notariusz skończył gwałtowne przecieranie okularów, które cudem przeżyły ten zabieg.

– Mogę zaczynać?

Nie, najpierw inspektor wyjaśni, jak na to wpadł.

David poczuł na sobie spojrzenia wszystkich obecnych i wziął głęboki oddech.

– Byłem w prostszej sytuacji niż reszta państwa – zaczął. – Już przyjeżdżając tu, wiedziałem, że John Wathe umarł od wstrzykniętego dożylnie potasu. A tymczasem pierwszą sceną,

131

którą widziałem, było niezdarne chowanie słynnej fiolki z lekiem nasercowym, o którą awanturowało się wiele osób. A pańska – tu zwrócił się do Krisa – szarpanina z panną Pilar nie pasowała mi do całości. Pan chciał ją przed czymś powstrzymać. Tak się nie zachowują ludzie, którzy przygotowali morderstwo. Poza tym tylko morderca wiedział, że to nie te lekarstwa spowodowały śmierć. Było dla mnie jasne, że oskarżenie panny Pilar, w tej sprawie również niewinnej, jest fałszywe. Przyznanie się do winy Krisa też nie było przekonywające. Myślał, że to tabletki, które widział u swojej żony. Peter wpadł w ten sam kanał. Pomógł mi nieco Giowani.

Giowani siedzący sztywno przy stole podniósł wzrok na inspektora.

– Ja nie mogłem panu pomóc, proszę pana – powiedział cicho. – Ja zawsze dotrzymuję słowa.

– Pomógł mi pan. Wtedy kiedy Diana przyznała się do winy, nie mógł pan powstrzymać uśmiechu. Pan, który ją nosił na barana i kochał jak własne dziecko, nie mógł się przecież cieszyć, że pana pupilka okazała się morderczynią. Jeśli zaś Diana... – Inspektor zająknął się.
– Dla Diany była szokiem wiadomość o ślubie brata. Wtedy podjęła decyzję, że weźmie na siebie winę Petera. Zrobiła to tak dobrze, że jej przez moment wierzyłem. Ale coś mi nie dawało spokoju. Jeśli była morderczynią, to pierwsza scena, którą niechcący zobaczyłem z okna,

była bez sensu! Dlaczego zajmowała się fiolką? Przecież musiała wiedzieć, że to dowód bez znaczenia. I dlaczego podała mi herbatę, po której byłem nieprzytomny? Dlaczego chciała dostać się do pokoju i usunąć dowód rzeczowy, który nie był dowodem? Ale to olśnienie spłynęło na mnie później. Od razu powinienem był skojarzyć pewne fakty. Dlaczego starszy pan, który miał świetny słuch, tak bardzo krzyczał, rozmawiając z notariuszem?

Dlaczego nie zwróciłem uwagi na notes, w którym miałem notatki ze śledztwa? Dlaczego złodziej fiolki nie wziął zaświadczenia z apteki, o kupnie strzykawek?

Mógł być jeden powód. Bo nie wiedział, że to jest istotne. Natomiast zdążył przeczytać akt zgonu i poznać prawdziwą przyczynę śmierci. Diano, nabrałaś mnie. – Inspektor David przesłał uśmiech Dianie i nie speszył się, kiedy ona przesłała mu pocałunek. – John Wathe zrobił to samo. Odnalazłem lekarza, który pół roku temu przepisał mu potas. Pomogła mi zwolniona przez was i niesłusznie posądzona służąca Beatris. To ona na prośbę Johna Wathe'a zamówiła strzykawki. Starszy pan sam przygotował się na najgorsze. Wiedział, co go czeka. Mam nadzieję, że dalsze wyjaśnienia znajdziemy tutaj...

– My już znamy treść testamentu, ale chcemy, żebyś ty również, Davidzie, wysłuchał, co miał do powiedzenia dziadek, szczególnie teraz, kiedy prawie należysz do rodziny!

Notariusz nałożył okulary i zaczął czytać.

„...i dlatego postanowiłem was sprawdzić. Wszyscy mi odmówiliście, z czego byłem niezadowolony, ale szanuję wasze decyzje i cieszę się, że wychowałem swoją córkę na człowieka godnego najwyższego szacunku. Niestety nie mam pewności, czy z moich pieniędzy zrobicie właściwy użytek. Kris nie słuchał moich rad, również Peter i Diana wiedzą lepiej, co dla nich dobre. Diana nie może zapomnieć o człowieku niewartym jej jednej łzy, Peter odrzuca kobietę, która jest wartościowa i dobra. Kris myśli, że panna Pilar może przewyższyć dobrocią moją córkę. Niech przekonają się zatem wszyscy, jakimi są ludźmi.

Niech nie moje rady, ale trudna dla nich sytuacja wyzwoli to, co najlepsze. Majątek mój przekazuję wszystkim tym, którzy w sytuacji zagrożenia będą w stanie zrobić coś dla drugiego człowieka. Tym, którzy nie okażą się egoistami i będą umieli przedłożyć interes cudzy nad własny. Kocham was".

Diana płakała, Kathy ocierała oczy, mężczyźni również byli poruszeni.

Notariusz odłożył okulary.

– Zaprosiłem pana – zwrócił się do inspektora Davida – na prośbę Diany i przy absolutnie jednomyślnej decyzji rodziny Childhoodów, ponieważ musimy dbać o uczciwe wykonanie ostatniej woli zmarłego. Diana opowiedziała, że chciał pan, wierząc przez moment w jej winę, uchronić ją, nie bacząc na konsekwencje. Dlatego należna panu część wynosi...

Suma, którą wymienił notariusz, na chwilkę zamroczyła Davida. A potem poczuł ramiona Diany wokół swojej szyi i wiedział, że miłość jest ważniejsza niż pieniądze i silniejsza niż śmierć.

Pozwól mi odejść

WIECZÓR

Marta patrzy na łóżko, a potem rozkłada lniany obrusik na nocnej szafce. Spływa do ziemi i otula niezgrabny mebel. Na lampkę narzuca wełnianą chustkę w czerwone róże. Światło umyka z kątów i przykuca koło niej. Półmrok obejmuje patchwork w kolorowe pasy, rozsypane na poduszce jasne włosy Iwony, jej przymknięte powieki, szczupłą postać. Marta patrzy na leżącą kobietę. Potem przenosi wzrok na kilim nad łóżkiem. Delikatne owoce – jarzębina lub kalina – z lewej strony, liście i drobne brązowe gałązki z prawej.

Iwona leży spokojnie. Zaciśnięte mocno powieki drgają leciutko. Marta schyla się do torby i wyjmuje butelkę szampana, dwa kryształowe kieliszki, popielniczkę. W jej dłoniach dźwięczy delikatnie szkło. Iwona porusza się.

– Jeszcze nie otwieraj, jeszcze nie... Poczekaj, bądź cierpliwa, jeszcze tylko... – Marta jest czujna.

– Już? – Iwona z zamkniętymi ciągle oczyma zwraca twarz w kierunku Marty.

– Nie podglądaj! – Marta kładzie rękę na oczach Iwony. Patrzy na jej jasną twarz, delikatny makijaż, w tym półmroku Iwona wydaje się dużo młodsza, wygląda na dobrze utrzymaną trzydziestkę, a przecież ma czterdzieści lat. Marta nie cofa ręki – podnosi drugą dłonią wazonik z bukiecikiem kwiatów, i ustawia obok lampki. Kwiaty pochłaniają i tak dość nikłe światło lampki, szerokim cieniem przechodzą na ścianę i tam rozkładają się wygodnie, moszczą między sufitem a krzesłem. Marta schyla się raz jeszcze, niebieski dywanik zrobił się teraz prawie granatowy, gmera ręką w torbie w poszukiwaniu magnetofonu. Sprzęt jest malutki, srebrny, kaseta wchodzi gładko. Marta omija szafkę i szuka kontaktu.

– Nie patrz, proszę, wytrzymaj jeszcze chwilę.

Iwona kiwa potakująco głową, jej jasne włosy, rozpuszczone włosy koloru miodu drżą, a lekko pomalowane usta uśmiechają się.

– Słyszałam!

Marta odwraca się, z magnetofonu płynie cichutka muzyka.

– Nic nie słyszałaś!

Iwona otwiera oczy, chwyta Martę za spódnicę jak kapryśne dziecko, podnosi się na łokciach, sukienka z długim suwakiem opina jej się na piersiach. Iwona wygląda jak przebudzona ze snu królewna. Pociąga mocno za prostą spódnicę Marty.

– Jesteś naprawdę wielka! Chodź, to cię ucałuję!

Marta zgrabnie się odsuwa, patrzy na nią uważnie, a potem mówi:

– Daj spokój, tylko bez czułości, bo jak nas ktoś nakryje...

– Och, nie zapominaj, że jesteśmy dorosłe. – Iwona podciąga nogi, obejmuje rękami szczupłe łydki, opiera głowę na kolanach i rozgląda się, jakby ten pokój widziała pierwszy raz w życiu. Zapada cisza, Marta czuje, jak jej ciało lekko się napina, brzuch i nogi, ramiona, Iwona patrzy i milczy, lekko głaszcze patchwork, a Marcie wydaje się, że już nie wytrzyma dłużej tej ciszy, zaraz jej brzuch zacznie burczeć, jak w czasach dzieciństwa, kiedy przynosiła dwóję i na pytanie „co w szkole" pierwszy odpowiadał jej brzuch. Trzeba udawać obojętność, nic za szybko. Ale milczenie przedłuża się niebezpiecznie, więc Marta wsuwa nogą torbę pod łóżko i obojętnym tonem pyta:

– No i jak?

Iwona dotyka delikatnym gestem kilimu, czułym gestem rozpoznania.

– Normalnie! Normalnie! – A potem oddycha z ulgą i odchyla głowę do tyłu. – Normalnie – powtarza raz jeszcze, jakby się chciała upewnić, że to wszystko prawda.

Napięcie Marty spływa w dół, przez szary sweter i granatową spódnicę, prosto w szare półbuty na płaskim obcasie. Jej głos jest obojętny, kiedy mówi:

– No to dzięki Bogu.

Teraz obie milczą, nagle skrępowane swoją obecnością, Iwona pierwsza przesuwa się w stronę wezgłowia, poprawia kolorową poduszkę, opiera ją o metal łóżka i daje znak Marcie, żeby usiadła. Marta siada na brzegu łóżka, a wtedy Iwona gorączkowo zaczyna szukać czegoś. Klepie narzutę dłonią, zagląda pod poduszkę, wreszcie tonem, w którym jest kropla pretensji, mówi:

– Tu gdzieś miałam zegarek!

Marta zrywa się, czegoś nie dopatrzyła, zegarka nie ma ani na stoliczku nocnym, ani na łóżku, znowu ten cholerny moment paniki, zanim ręka powędruje do szarego swetra, kieszeń jest lekko rozepchana. Srebrna błyskotka kołysze się wreszcie w jej dłoni. Do cieni kwiatów dołącza cień zegarka, jest olbrzymi, wąski, przecina kwiaty jak kosa. Ręce kobiet spotykają się – paznokcie Iwony, pomalowane łososiowym lakierem, stukają o srebro. Marta cofa swoją dłoń, palce z krótko obciętymi paznokciami, i natychmiast się tłumaczy:

– Schowałam przecież, tak jak chciałaś, żeby nic...

Ale Iwona zakłada zegarek na rękę i przerywa jej w pół słowa:

– Przecież muszę wiedzieć, która godzina! – Jej głos jest lekko zirytowany.

Marta pamięta układ drobnych strzałek na tarczy.

– Siedem po.

Iwona ma kłopot z miniaturowym zameczkiem.

– A więc odliczam siedem!

Marta wzrusza ramionami.

– Jasne.

Iwona śmieje się, jakby udał jej się dobry dowcip.

– Siedem, sześć, pięć, cztery, trzy, dwa jeden, start!

I Marta łapie w lot, o co chodzi, jej drobne, nieprzyozdobione palce się prostują. Nie musi ich zaciskać.

– Uhm. Od czego?

– Grasz w pytania? – Iwona wchodzi w jej słowa bezbłędnie.

– A ty nie? – Marta uśmiecha się, jest szybka.

– To było pytanie retoryczne?

– A jak sądzisz? – Marta nie przegra, trzeba tylko pamiętać, żeby to były pytania, nie odpowiedzi.

– Wpuszczasz mnie w maliny?

– Od kiedy jesteś taka spostrzegawcza? – Marta rozluźnia się.

– A czy to ma jakieś znaczenie?

Przerwy między pytaniami nie mogą być za długie. Marta się nie zastanawia.

– Dlaczego zmieniasz temat?

– A jaki był temat na dzisiaj? – Iwona jest

szybka, szybsza od Marty. Jej słowa nakładają się niemalże na ostatnie słowa Marty.

– Czyżbyś nie wiedziała? – Marta się dziwi.

– Nie chcesz odpowiedzieć na moje pytanie?

– Naprawdę myślisz, że wygrasz?

Och, chwila przerwy. Iwona patrzy na nią, a potem pyta:

– Która godzina?

– Przecież masz zegarek – wyrywa się Marcie.

Iwona śmieje się radośnie.

– Przegrałaś, przegrałaś!

Marcie nagle robi się przykro.

– Zawsze przegrywam.

Iwona grozi jej palcem.

– Tylko bez takich! – napomina, a potem robi jej miejsce w łóżku, naprzeciwko siebie. – Zrzucaj buty, wskakuj i nie obrażaj się. Dzisiaj ja rządzę.

Ale Marta nie może się powstrzymać.

– Ani przez moment o tym nie zapomniałam.

Iwona jakby tego nie słyszy, Marta zrzuca zdeptane pantofle, zastanawia się, czy aby nie poszło oczko, nie chciałaby siedzieć tutaj i pić szampana z oczkiem. I tak przy Iwonie wygląda jak uboga krewna. Ale rajstopy są w porządku.

– A teraz szampan.

Kieliszki skrzą się w świetle.

– Tak, ale...

– Tylko bez ale. Papieroski.

Marta czuje, że powinna coś powiedzieć.

– Są, ale...

– No to daj. Bez ale, bezale, bezalemucio – nuci Iwona, a Marta znowu sięga poza łóżko. Czerwona paczka, zapalniczka. Rzuca jedno i drugie w kierunku Iwony, Iwona z lubością zaciąga się, nikły płomień zapalniczki oświetla jej twarz wyraźniej niż lampka. A potem bez ostrzeżenia zaczyna kaszleć. Marta jest zła.

– Widzisz?

Iwona macha ręką niecierpliwie. Rozgarnia dym.

– Taka była umowa. Bez ale... – Kaszle sucho. – Nienawidzę słowa ale... Ty, odpręż się... Najgorsze słowo we wszystkich językach świata... Masz śliczną sukienkę, ale...

Marta uśmiecha się i kończy:

– Wyglądasz w niej jak krowa.

– Kocham cię, ale...

– ...musimy się rozstać. Dla naszego dobra.

Iwona zaciąga się mocno, już nie kaszle.

– Brawo! Masz cudnie obcięte włosy, ale...

– ...tobie i tak nic nie pomoże.

Iwona kładzie popielniczkę na łóżku.

– No właśnie. Będziesz żyć, ale...

Iwona strzepuje popiół. Czeka. Marta milczy. Iwona trąca ją lekko.

– Dlaczego milczysz? Miałyśmy się świetnie bawić. – Ale ostatnie słowo już wypluwa z siebie razem z ostrym napadem kaszlu.

Marta nie wytrzymuje.

– Wolałabym, żebyś nie paliła.

– Ty neofitko! Sama dymiłaś jak piec. A dlaczego to niby mam nie palić? Dostanę raka i umrę? Kochana, dlaczego mam nie palić? – Iwona robi się zła.

Marta opanowuje się w mgnieniu oka.

– Jak chcesz, to pal.

– Lepiej, lepiej, dużo lepiej. – Głos Iwony jest ostry. – Będę żyła długo i szczęśliwie. Dla ciebie zawsze butelka jest do połowy pusta. A u mnie do połowy pełna.

– Rób, co chcesz. – Marta czuje się urażona.

Iwona spogląda na nią, zaciąga się jeszcze raz, a potem gwałtownym ruchem gasi papierosa.

– Jestem wstrętna. Zobacz, gaszę. Tego już gaszę. Olewam. Robię to dla ciebie. No?

Pytanie jest wyraźne i Marta czuje się w obowiązku wytłumaczyć:

– Naprawdę palenie jest...

– ...szkodliwe dla zdrowia, minister zdrowia i opieki społecznej i chuj mu w du...

O nie, tak nie można! Marta nie chce tego słuchać!

– Iwona! Jesteś wstrętna z tym przeklinaniem.

Ale Iwona jest zadowolona. Wyraźnie ją prowokuje.

– Nie bądź taka delikatna, siostro, od brzydkich wyrazów jeszcze nikt nie umarł. Ani od mówienia, ani od słuchania... Byłabym pierwszym wypadkiem... Upierdliwa jesteś

143

jak... Takie słowo w ekstremalnych warunkach może uratować życie.

Marta wykrzywia z dezaprobatą usta.

– Eeee. Ty jak coś powiesz...

Niedobrze powiedziane. Iwona już się nie uśmiecha.

– Ja – przywołuje Martę do porządku – dzisiaj mogę mówić, co chcę.

Ciało Marty znowu napina się lekko.

– Tak.

Ale to nie wystarcza. Głos Iwony jest cieńszy niż zwykle.

– Może nie odzywaj się niepytana? – Iwona patrzy na Martę, widzi jej ramiona, które drgnęły przed chwilą w nieznacznym geście wzruszenia ramionami, czuje jej urazę i oświadcza: – Nie wolno ci się obrażać.

Marta jest zgodna:

– Okej. – Ale jej ramiona znowu się poruszają, urażone osobno, wbrew zgodzie ust.

Iwona nie chce kłótni.

– Nie wolno ci się obrażać. No, nie rób takiej minki, no, dziubasku... – Przymilny ton nie robi wrażenia na Marcie.

– Daj spokój.

Ale Iwona nie ma zamiaru rezygnować. Przechyla się w stronę Marty, podnosi wysoko brwi, nadaje oczom niewinny wyraz.

– Dziubasku-kutasku, popatrz na mnie! Szczygiełku, to ja twój burek-siurek, twój szczurek-pisiurek, zrób ładną minkę do grzecznej dziewczynki, grzeczne dziewczynki

144

mają ładne minki, minetki nimfetki, to grzeczne...

Marta nie wytrzymuje, parska cichym śmiechem. Twarz Iwony również się rozjaśnia.

– No właśnie. Okej. Palimy, pijemy i sobie szalejemy. Otwieraj! – Podaje Marcie szampana.

Kryształowe kieliszki cicho dźwięczą przy stuknięciu.

A Marta odstawia na chwilę swój i zapala świecę.

*

Świeca daje inne światło. Bardziej okrągłe i przyjazne. Twarze kobiet wygładza, zmniejsza kanty mebli, ociepla wnętrze. Leżą obok siebie, na poduszce jasne włosy Iwony, te pszeniczne fale, balejaż robi swoje, i ciemniejsze włosy Marty, związane w koński ogon, niemodny ogon, ściągnięte mocno gumką frotté. Trzymają w dłoniach kieliszki, pusta butelka stoi przy łóżku, odsłonięte nogi unoszą wysoko w górze. Marta podciąga spódnicę i wyciąga nogi jeszcze wyżej.

Nogi Iwony są dłuższe i szczuplejsze.

– Zdecydowanie ja! – Iwona naciąga stopy jak tancerka.

– E, bo ty mierzysz nieuczciwie. – Marta nie pozwala się przekonać, zsuwa się niżej. – O, proszę, ja! Nie oszukuj!

Jej kieliszek drży, resztka szampana odbija się kręgiem od ścianek. Marta zsuwa się coraz bardziej i jej szampan wylewa się na piersi Iwony. Iwona odsuwa się z krzykiem, nogi Marty, samotnie wyciągnięte ku sufitowi, lekko się kołyszą.

– Jezu!

– No widzisz? Moje!

– To nieuczciwe! – Iwona wyciera sukienkę, zostaje na niej mokra plama.

Marta sięga po chusteczkę, wyciera dekolt Iwony i mówi przekornie:

– Prawda jak oliwa, zawsze na wierzch wypływa.

Znów kładą się obok siebie, Iwona dzieli swojego szampana na dwa kieliszki.

– Przez chwilę czułam się całkowicie zadbana... A tyle rzeczy zaniedbałam...

Marta grzecznościowo mruczy coś pod nosem, potakując, przechyla kieliszek i złocisty płyn spływa prosto do jej ust.

– Wiesz, kiedyś powiedziałam na podwórku, że moja młodsza siostra jeszcze sika w majtki. Dzieciaki się śmiały... – Iwona patrzy w sufit, nie może zauważyć, że twarz Marty tężeje. – Nie przerywaj! Ale potem przestały. A ona pobiegła do domu. Nie odzywała się do mnie. Przestała wychodzić na podwórko. Teraz bym jej powiedziała, że... Deszcz pada, słyszysz?

– Słyszę – mówi Marta drewnianym głosem.

– Nie wiedziałam, że to ją tak zaboli. Lubię spacery w deszczu... Poszłabym na spacer... Na takim spacerze idziesz w kaloszach i odgłos taki chłepczący... i słychać kaaap kaaap przez gałęzie... Pajęczyny całe w drobniuchnej mgiełce. Po deszczu widać, jak taki pająk się narobi... Tak precyzyjnie niteczka po niteczce zapierdala, żeby akurat na wysokości twojej twarzy to powiesić. Uee – wzdryga się.

– Przesadzasz.

Ale Iwona jakby jej nie słyszała.

– Bo w pogodny dzień nie masz szans, żeby to zobaczyć, a po deszczu widać... Chciałabym to zobaczyć...

Marta odstawia zdecydowanym ruchem kieliszek na szafkę.

– Myślisz, że lepiej by nam teraz było w zimnicy, z pajęczyną na gębie, z mokrymi nogami...

Iwona ma przymknięte oczy.

– A krople kaaap, kaaap jak z kroplówki...

– A krople sraaap, sraaap...

– Nienawidziłam chodzić na spacery. Trzy cztery, Ciapku! Teraz na spacerek! Jak do psa. Piotr był taki... zdrowowyznaniowy. Bo to zdrowo, Ciapku. A teraz podziwiaj, Ciapku! Na trzy cztery! Przed obiadkiem, bo to zdrowo na apetyt, Ciapku, po obiadku nażarty Ciapku, bo brzuszek musi strawić. Zdrowo! – Iwona prycha, a potem jej głos smutnieje. – A teraz bym poszła...

– Po nocy? – Marta jest realistką.

Iwona ożywia się.

– No! Kiedyś się założyłam... I poszłam. W nocy. Na cmentarz... Ciemno... Cyprysy jak ludzie.

147

A pamiętasz, jak chłopcy pod Krakowem się założyli, że jeden z nich pójdzie o dwunastej w nocy na cmentarz i na dowód, że był, wbije gwóźdź w krzyż?

– Nie.

– No i wbił ten gwóźdź, odwrócił się, żeby szybko wiać, a tu jak go coś nie pociągnie... – Iwona nagle pociąga silnie za spódnicę Marty, Marta podskakuje, Iwona się zaśmiewa. – Tak samo on się przestraszył! I umarł ze strachu! A może to plotka... On kurtką o ten gwóźdź zaczepił...

– Rzeczywiście, strasznie zabawne. – Marta odsuwa się od Iwony.

– No i poszłam na ten cmentarz... – Iwona przeciąga się i zamyka powieki. – Powiem ci, że myślałam, że umrę ze strachu, chciałam wracać...

Na pewno nie chciała.

– Ty? – W głosie Marty brzmi wyzwanie. – Ty na pewno nie...

– Ale usłyszałam za sobą głosy... Sprawdzali mnie... I ja już wiedziałam, że nie jestem sama... A oni myśleli, że jestem odważna... Możesz zrobić coś z tym światłem?

Świeca zaczyna drżeć. Knot zapada w miękki wosk. Marta przechyla się i dwoma palcami próbuje podnieść palący się knot.

– Zgasić jeszcze mogę...

– Lubię świece... chciałabym, żeby było dużo świec... – Iwona jest senna, Marta oblizuje gorące palce. – No, twoja kolej, mów, na pewno miałaś coś strasznego, jak byłaś mała... o czym nie mówiłaś nikomu, no...

– Zeszliśmy kiedyś do kanału. Po „Kanale" Wajdy. Wiesz, koło Głównego?

Iwona ożywia się.

– Wiem.

– No i zeszliśmy, z Grześkiem. A głupi Kotwa zasunął płytę i powiedział, że nas nie wypuści. I że nas szczury zjedzą, jak nie damy dwóch dych.

– W życiu bym nie zeszła do kanału.

– A potem Kotwa odsunął ten właz. Bez tych dwóch dych. Najedliśmy się strachu! Ale człowiek jak młody to głupi...

Iwona obraca twarz w kierunku Marty.

– Wiesz, do kurwy nędzy...

– Czy ty naprawdę aż tak musisz... To niesmaczne... – Marta wykrzywia usta.

– A tak. Do kurwy nędzy, to życie jest doprawdy bardzo krótkie... I tyle rzeczy robi się niepotrzebnych i głupich...

– Mówisz o Francji? – Nie, nie będę jej więcej zwracać uwagi, postanawia Marta. – Żałujesz, że wyjechałaś?

– Nie wiem, o czym mówię. Tak ogólnie... Siku mi się chce... Idziemy? Nie, chyba nie żałuję. Tyle ludzi wyjechało w osiemdziesiątym pierwszym... Idziemy?

– E tam... Chyba nie...

Iwona łapie Martę za włosy, jej oddech pachnie alkoholem.

– Proszę Marteńki, chodź ze mną do łazienki...

Marta opiera się.

– No, nie wiem...

Iwona wyskakuje z łóżka, chwieje się, Marta natychmiast jest przy niej. Łapie ją za rękaw, przytrzymuje.

– Chyba się upiłaś.

Iwona potakująco kiwa głową.

– Nie jest to całkowicie wykluczone.

Opiera się o Martę i obie wychodzą z pokoju.

NOC

Świeca jest biała i długa. Wosk z tamtej, dopalonej, wylał się ze świecznika i ścieka na lniany obrus. Marta wyjmuje z pudełka papierosa, zapala, zaciąga się, potem opada na poduszkę koło Iwony.

– Nie wydał ci się dziwny ten kraj, po tylu latach?

Iwona chwilę milczy.

– Wprost przeciwnie, bardziej normalny. Co to jest te parenaście lat wobec wieczności... Nie zaszkodzi ci ten papieros? Przecież rzuciłaś?

– Daj spokój z tym filozofowaniem. – Marta podnosi papierosa do góry, kreśli nim koła. – Nie sądzę. Nie będę paliła. Wiem.

– A daj ci Boże. Wieczność jest niebezpieczna... Boisz się śmierci?

– A kto tu mówi o śmierci? – Marta patrzy na swoje dłonie.

Dym krąży po pokoju.

– Ja. Nie o śmierci, tylko o strachu.

Marta decyduje się.

– Jak ojciec był w szpitalu, to zapytałam go, czy się boi... A on powiedział, że nie. Że życie już dla niego straciło smak... Powiedział to tak, że aż poczułam tę stratę... Może się bał...

Marta czeka. Iwona podejmuje temat:

– Ludzie są dziwni. Nie mogą przyznać się nawet do strachu... Żałuję, że nie byłam z rodzicami... jak... wiesz, odchodzili... Wszyscy chcą prawdy, ale pod warunkiem, że ta prawda będzie po ich myśli... Czy mnie kochasz? Ale powiedz prawdę. Kocham cię, oczywiście... Czy mnie nie zdradziłeś? Nigdy... Czy będę żył, doktorze? Zniosę wszystko, byleby to była prawda... byleby się okazało, że będę żył... Taka prawda wygodna dla mnie... Nie sądzisz? – Iwona zawiesza ostatnie słowo w powietrzu.

Marta podnosi się na łokciu i gasi papierosa. Przydusza go mocno, tak żeby nie dopalał się w popielniczce jak niedopałki Iwony.

– Nie wiem. – Jej drobne palce przyduszają niedopałek jeszcze raz i jeszcze.

Iwona milknie. Może zaśnie, jest już późno.

– Widziałaś się z Saranowiczem?

To pytanie przeszywa Martę na wskroś.

– Nie. Wyjechał. Mówiłam ci już, że wyjechał na dwa tygodnie.

– Ten to ma dobrze. – Iwona mówi wolno, sennie. Na pewno za chwilę zaśnie. – Nie ma szampana?

Jednak nie zasnęła. Marta przechyla butelkę, parę kropel trzyma się szyjki.

– Wypiłyśmy.

– To nalej mi coca-coli. – Ten rozkazujący ton działa na Martę jak płachta na byka, ale schyla się i wyciąga spod łóżka butelkę.

– Mam wrażenie, że...

Niepotrzebnie gada. Twarz Iwony robi się zła.

– Nie płacę ci za opowiadanie wrażeń, do cholery! Nalej!

– Niezdrowa jest – mówi Marta i nalewa do podstawionego kieliszka brunatnego płynu.

– Co ty nie powiesz? Zachoruję? Za pół roku mi się porobią dziury w zębach, a za dziesięć lat wrzody? Dlaczego mi nie każesz wrzucić złotówki, żebym zobaczyła, jak coca-cola żera nasz cynk, czy co tam dodajecie do tych waszych pieniędzy? Obiecaj mi, że za parę lat dopadnie mnie paradentoza z powodu coca-coli! Obiecaj. – Iwona jest agresywna. – Obiecaj no! Ty masz nie po kolei z tym „niezdrowo", kobieto! – Podnosi kieliszek w kierunku Marty. – Chcesz trochę?

– Dziękuję – szepcze Marta.

Iwona pochyla się nad nią.

– Bez obrażanka koleżanka.

– Bez. – Marta kiwa głową.

– Głupio się kłócimy. – Iwona czuje, że przesadziła.

– Ja się nie kłócę. – Marta jest znowu drewniana, drewniane są jej ręce i jej głos. Żeby tylko brzuch nic nie mówił.

– Jakoś mi tak... Nie wiem... – próbuje się usprawiedliwić Iwona.

Ale Marta już nie jest ta, co przed chwilą.

– Sami sobie robimy to, jak nam jest.

– Czy ja ci płacę za komentarze? – Iwona przesuwa się na krawędź łóżka, już nie jest senna, jej oczy zwęziły się.

– Nie wiem. – Marta nie może ukryć irytacji.

– Otóż nie płacę. Już wiesz. – Te słowa rozłażą się na wszystkie strony, zimne, niedobre.

Kobiety milkną.

ŚWIT

Marta unosi się na łokciach i przygląda się śpiącej Iwonie. Prawą rękę Iwona zarzuciła wysoko nad głowę. W bladym brzasku świtu jej gęste rzęsy rzucają cień na policzki, niezmyty makijaż, włosy w nieładzie.

– Co się tak gapisz? – Na dźwięk głosu Iwony Marta podskakuje.

A więc nie spała. Marta się podnosi.

– Nie gapię się. Pozwól mi odejść.

Ręka i pomalowane paznokcie. Lakier francuski, ładny odcień. Maleńki zegareczek obok. Dłoń powoli pełznie w kierunku srebrnej tarczy przy poduszce.

– Przed czasem? Która godzina?

153

– Masz zegarek obok.

– Już prawie szósta. – Iwona odkłada zegarek na szafkę.

I wtedy Marcie wymyka się:

– Dzięki Bogu.

Iwona unosi brwi w odwiecznym odruchu zdumienia.

– Nie podobało ci się?

– Nie, dlaczego?

– Czy to znaczy, że znowu zaczynamy?

Marta wstaje i podchodzi do szafki. Bierze do ręki świecznik i zaczyna z niego wydłubywać resztki wosku.

– Chyba nie ma potrzeby.

– Nie udało się.

Marta to słyszy, ale wzbiera w niej lekka irytacja.

– Nie wiem, co miałoby się udać.

Idzie w kierunku kosza na śmieci. Zza pleców słyszy pytanie:

– Nie możemy pogadać?

Marta wydłubuje wosk łyżeczką. Kruszy się nad koszem jak płatki szronu. Głos Marty jest też jak szron.

– Pewnie już szósta.

– Nie możemy pogadać? – pyta jeszcze raz Iwona, jakby godzina nie była ważna, jakby nie była przedmiotem wcześniejszej umowy. Jest szósta. Szósta to szósta.

Marta nie odpowiada. Obchodzi łóżko, zdejmuje kilim, który w brzasku świtu nie jest wcale taki ładny. To nie jest jarzębina, to po

154

prostu czerwone paćki, a i liści nie ma. Stara wełna łatwo daje się zwinąć w rulon. Marta odstawia parawan na miejsce, przy zlewie. Odsłania stojak od kroplówki. Ściąga lniany obrus z metalowej szafki. Nawet kwiaty na białym blacie, z którego płatami zeszła farba, straciły swoją świeżość. Marta strzepuje serwetę nad zlewem.

– Wściekła jesteś? – Iwona obserwuje krzątaninę Marty z łóżka.

W Marcie wzbiera pretensja, energicznym ruchem składa i pakuje do torby serwetkę. Jeszcze tylko schować kieliszki, butelkę po szampanie, po coca-coli. Ważne, żeby nie dać się sprowokować.

– Widzę przecież, że jesteś wściekła.

– Już szósta. – Marta odwraca się w stronę łóżka i jednym ruchem ściąga z niego patchworkową kapę. Iwona uśmiecha się i wtedy Marta podejmuje decyzję.

– Owszem, jestem wściekła, że dałam się nabrać – mówi. – Na tę twoją grę.

Iwona wydyma wargi, nie spuszcza oczu z Marty.

– Przypominam, że za niezłą sumę.

Jeszcze dywanik. Niebieski. W izolatce szpitalnej nie może być żadnych dywaników.

– Owszem. To cię usprawiedliwia, prawda?

– Może to ciebie usprawiedliwia? – Ton Iwony jest głębszy. Już się tak głupio nie uśmiecha.

– Może. Dostałam pieniądze i wywiązałam

się z umowy. Miałaś tak, jak chciałaś. Jak w domu. Ale czasem ten, kto płaci, jest bardziej upokorzony niż ten, kto bierze. I to jest właśnie taki przypadek.

Spakowana torba jest już przy drzwiach. Marta wyjmuje z szafy pielęgniarski czepek i fartuch, i staje przed umywalką. Lustro jest stare, ale ona wprawnym ruchem poprawia włosy, wciąga fartuch i wkłada czepek. Czerwony pasek ożywia jej zmęczoną twarz. Z tyłu godzi w nią podniesiony głos Iwony:

– A cóż ty wiesz o mnie, żeby wydawać sądy? Nie wiesz nic!

Marta gwałtownie się odwraca.

– Oto pierwsza prawda dzisiejszego dnia. Masz rację. Nic. Nic nie wiem, i dlatego mogę z czystym sumieniem powiedzieć: koniec mojego dyżuru. Wierz mi, to były najciężej zarobione pieniądze w moim życiu. – Marta sięga na krzesło, bierze białą powłoczkę i białą poszwę. Znak szpitalnej pralni jest prawie niewidoczny. Podchodzi do łóżka. – Przepraszam, muszę przebrać pościel.

Iwona posłusznie się odsuwa, a Marta wprawnym ruchem składa kolorowy patchwork w kostkę.

– Nie przypominam sobie, żebym cię specjalnie zmuszała do ich zarobienia, siostro. Ale dwadzieścia tysięcy to niezła suma za dwanaście godzin, o ile orientuję się w tutejszych cenach.

– I owszem. Masz tę swoją nędzną satysfak-

cję. – Głos Marty jest jadowity. – Może liczysz
na to, że się obrażę? Powiem, że mam je...

– ...w dupie? – W kpiącym głosie Iwony jest
nadzieja, że oto ona zniży się do jej poziomu.
Nie.

– ...gdzieś! Że mam je gdzieś! Ale ja tego
nie powiem. Poproszę czek, zgodnie z umową.

Iwona podnosi się w kierunku szafki,
w której szuflada się zacina, wyjmuje długopis i książeczkę czekową. Opiera się na łokciu.

– Proszę bardzo, siostro.

Marcie trzęsą się ze zdenerwowania ręce.

– Dziękuję bardzo. – Brzmi to tak obraźli-
wie, że Iwona kurczy się na łóżku.

– Przyjdziesz jeszcze do mnie na płatny dyżur, siostro?

Marta jest gotowa do wyjścia. Jej dyżur się
skończył. Próbuje upchnąć dywanik do torby,
która jest duża i pełna, jak po podróży. Kilim
na pewno nie wejdzie. Marta czuje, jak policzki zaczynają ją piec.

– Samo zło! Oto, czym jesteś! Duszę się
w jednym pokoju z tobą. – Marta już nie panuje nad swoją wściekłością. – Duszę się, bo tak
wielkie jest twoje pieprzone ego, nawet w takiej chwili!

– A w jakiejże to chwili ono jest tak wielkie?

Zawsze ten sam kpiarski ton. Boże, trzeba
nad sobą zapanować. Jeśli wyjmie się butel-
ki i dywanik schowa na sam spód, to może się
wszystko zmieści. Ale się nie mieści. Butelka

po szampanie toczy się pod zlew. Marta podnosi się z kolan i odwraca do Iwony. Ona nie ma prawa się śmiać! Trzeba jej to uświadomić.

– Bądź zadowolona, że masz forsę i możesz sobie kupować czyjąś obecność – mówi Marta. – Moją obecność! I opowiadać te głupie sentymentalne historyjki, od których ma się zmienić świat. Ale on się od tego nie zmieni! Tylko za pieniądze! Bo gdyby było inaczej, kazałabym ci się zamknąć po pierwszym zdaniu! To jest jedyna prawda o tobie, ot co! – Marta rozpędza się, jej słowa nabierają kształtu słów Iwony: – Moja siostra się zsikała... teraz to bym jej powiedziała... Moi rodzice umierali beze mnie... Tak mi było ciężko ruszyć dupę i przyjechać do mamusi i tatusia! Taką ciężką dupę miałam, że nie mogłam przyjechać! A co mnie obchodzi pani życiorys! Trzeba było sobie zamówić księdza i spowiadać się! Cała parafia robiłaby w majtki z radości za to! – Marta macha czekiem. – I kupić sobie rozgrzeszenie! Bo ja ci go nie dam! Ale wtedy nie byłoby tej przyjemności, prawda? – Głos Marty opada w profesjonalny ton grzecznej panny z okienka na poczcie. – A więc do widzenia i jeszcze raz serdecznie dziękuję za pieniążki.

Bierze torbę do ręki i tuż przy drzwiach dogania ją zdanie, w którym nie ma prośby.

– Chciałabym, żebyś przyszła wieczorem.

Klamka już naciśnięta, drzwi już otwarte, ale Marta nie może tak odejść. Jeszcze raz odwraca się i jej słowa są o wiele za ostre.

– Ale ja nie chcę. Kupisz moje chcenie? Wymień cenę, to się będę zastanawiać! A na dzisiaj koniec przedstawienia!

Trzask drzwi i oto Iwona zostaje sama w separatce. Opada na łóżko – biała poduszka, jasne włosy, zmęczona twarz. Przymyka oczy. Drzwi otwierają się, w oczach Iwony pojawia się nadzieja, ale Marta podchodzi do zlewu, podnosi butelkę po szampanie i wychodzi, ostrożnie zamykając za sobą drzwi.

Iwona chwilę leży wyciągnięta jak struna, a potem odwraca się w kierunku okna, naciąga na siebie kołdrę i zwija się w kłębek. Za oknem rozległy kasztan zakwita pierwszymi promieniami słońca.

RANEK

Marta delikatnym ruchem dotyka ramienia Iwony. Biały fartuch, czepek, w dłoni termometr.

– Proszę. I chciałam przeprosić za tamto... Jednak umowa to umowa. Nie miałam prawa się złościć, skoro się zgodziłam.

Iwona przeciera oczy, bierze termometr i wkłada go sobie pod pachę.

– Miałam nadzieję, że jesteśmy zaprzyjaźnione.

Marta uklepuje poduszkę, Iwona lekko podnosi się w łóżku.

– Przecież tak naprawdę wcale się nie znamy. – W głosie Marty pobrzmiewa smutek.

Iwona przeczesuje ręką włosy, Marta zgarnia kubek po wczorajszej kawie, trzeba będzie zwrócić uwagę kuchenkowej, żeby zabierała brudne naczynia.

Iwona przypatruje się krzątaninie Marty.

– Przyjechał Saranowicz?

– Nie, coś mu się przedłużyło... – Pod palcami Marty i strumieniem wody puszcza w końcu ten ciemny pasek po kawie w kubku. Marta odstawia czysty kubek na szafkę koło łóżka.

– Coś? To musi być zadowolony...

Marta jest zażenowana. Trzeba jeszcze prześcielić łóżko, potem nie będzie czasu. Przesuwa delikatnie Iwonę.

– Podnieś pupę... Powoli, o tak, to minie... Na razie tak jest, bo... Lekarz mówi, że masz leżeć, możesz być osłabiona po ostatnich lekach, to takie częste pogorszenie związane ze zmianą na lepsze, takie przesilenie. Daj termometr... – Wyciąga rękę, ich dłonie znowu spotykają się na moment, dłoń Marty ucieka, Iwona niezgrabnie próbuje się podnieść. – Nie, nie wstawaj! – mówi Marta ostrzegawczo, i trzeba zaznaczyć jeszcze, jaka temperatura.

– Muszę do łazienki...

– Mowy nie ma! – głos Marty jest zdecydowany.

– Proszę, siostro. Zawieź mnie do łazienki, nie chcę basenu.

Iwona prosi! Marcie robi się przykro. Musi się jakoś wytłumaczyć. Iwonie nie wolno wstawać.

– Lekarz mnie zabije.

– Ale ja bardzo proszę...

A więc jest jednak furtka. Głos Iwony nabiera cieplejszych tonów. Gdzie ona nauczyła się tak prosić?

Marta wychodzi i po chwili wózek jest przy łóżku. Iwona wolno się podnosi, a ona przytrzymuje ją, schyla się, kładzie jej nogę na czarnej gumie skrzydełek wózka.

– Najpierw tę, powolutku, nie, nie opieraj się tak o łóżko, oprzyj się o mnie, nie bój się, będzie ci łatwiej... Dobrze, teraz tę nogę, o tak, a potem... Odpocznij chwilę... Potem dobrze, drugą. Gdybyś miała trzecią, to teraz byłaby trzecia, ale nie mamy trzeciej nogi. Wspaniale. Połóż tutaj, na tym, zimna ta podłoga, nie, nie pomagaj mi...

Iwona wspiera się na niej całym ciężarem.

– Do facetów też tak mówisz?

– Coś ty? – Marta jest oburzona.

– Myślisz, że w szpitalu im nie staje?

– Staje, staje. – Powiedziała, zanim pomyślała. Jaki wstyd! Ale Iwona uśmiecha się łobuzerskim uśmiechem, w jej oczach migają iskierki.

– Opowiadaj! Opowiadaj!

Teraz trzeba z wenflonu wyjąć kroplówkę. Kiedyś zapomniała i pociągnęła pacjentkę razem ze stojakiem do kroplówki. Marta delikatnie usuwa plastikową rurkę.

– Raz stanął. To znaczy jednemu stanął. Ale to było dawno, jeszcze na praktykach. Doktor nas wziął na cewnikowanie, mnie i Gośkę. No i cewnikowałyśmy jakiegoś staruszka... Ze czterdzieści lat miał...

– Nie mów! To mężczyźni żyją tak długo? – Iwona jest rozbawiona.

– No wiesz, nie zapominaj, że ja miałam wtedy dwadzieścia...

– No i?

– No i wkładamy z Gośką rękawiczki. Ten jego penis...

– Kutas – prostuje Iwona.

– ...tak leży bezwładnie. – Marta nie zamierza zwracać uwagi na te prowokacje. – Malutkie toto, to biorę w dwa palce, policzki mnie palą, facet też czerwony jak burak, rurkę Gośka trzyma, a tu z takiego beleco robi się...

– Kutas! – radośnie krzyczy Iwona.

– I to jaki! Puściłam go, a facet bąka „przepraszam, siostro, przepraszam"...

– A za co? Głupek, gdyby nic, to rozumiem... Nie miał się czego wstydzić.

Udało się. Marta nie lubi przełączać kroplówki w trakcie działania.

– No, nie miał. Lekarz udaje, że nie widział, a widzę, że dusi się ze śmiechu, a ten...

– ...kutas!

– ...kurczy się. No to znowu biorę delikatnie, a to rośnie! Jak słowo daję, nigdy potem mi się to nie zdarzyło!

– Współczuję. – Iwona jest szybka jak karabin maszynowy.

– No wiesz, nigdy tak... Oj, nie chodzi mi o normalne życie!

– Może zacznij używać poza szpitalem rękawiczek! – Iwona poprawia się na wózku. Jest blada, niebieskie oczy bez makijażu patrzą tak niewinnie. Podnosi rękę do góry i zarzuca sobie włosy na plecy, przekrzywia zabawnie głowę i naśladuje falsetem domniemany ton głosu: – O Boże, i co ja mam z tym zrobić, ty babonie jeden, ty, fe!

Marta nie może się nie roześmiać.

– Słuchaj, prawdę powiedziawszy, to był zdrowy czterdziestolatek. – Iwona robi się poważna.

– Chory, on był chory – prostuje Marta i wypycha wózek z sali.

POŁUDNIE

Marta przytrzymuje kolanem drzwi. Musi bardzo uważać, wózek jest szeroki, a drzwi stanowczo za wąskie. Wpycha wózek do separatki. Iwona cierpliwie czeka, aż Marta poprawi pościel, strzepnie prześcieradło, dostawi wózek do łóżka i pomoże jej się przemieścić. To już nie jest takie proste. Marta musi mocno stanąć na ziemi, a potem pomalutku podnieść Iwonę. Musi uważać na swój kręgosłup – lekarz powiedział, że to choroba zawodowa pielęgniarek. Choć Iwona jest z każdym dniem lżejsza, Marcie sprawia coraz większą trudność podnoszenie jej.

Udało się. Iwona leży, oddycha ciężko, Marta przykrywa ją kołdrą.

– Kurczak! Zjadłabym kurczaka! – Iwona przymyka oczy.

– W kraju, gdzie tak drastycznie spada przyrost naturalny, chcesz jeść ptaki?

– Kurczaka, powiedziałam! Nie bociana! Choć nie zostało udowodnione, że to bociany.

– To zupełnie inne ptaki... A nawet na pewno! – podejmuje temat Marta.

– Nie poznaję cię, siostro! – Iwona nie może powstrzymać się od śmiechu. Ale Marta wcale nie jest wesoła.

– No cóż, głodnemu chleb na myśli... – przerywa w pół słowa. Wie, że za dużo powiedziała.

– O ile się orientuję, masz męża.

Teraz trzeba się zdecydować i Marta decyduje się. Siada na łóżku Iwony, Iwona się przesuwa, robi jej miejsce. Marta poważnieje.

– Ale coś ostatnio nie za dobrze się między nami układa. – Reflektuje się. – To znaczy w ogóle dobrze... Tylko...

– Pamiętam... Byłam mężatką... – Głos Iwony jest ciepły.

– No i co? – Marta postanawia słuchać. Zawsze to łatwiejsze, niż mówić.

– Fajnie to się dopiero rozwodziliśmy.

– Dlaczego?

– Dlaczego co?

– Dlaczego się rozwiedliście?

– Oj, czy ja wiem. Bo dlaczego nie ugotowałaś rybnej? Dlaczego rybna? Dlaczego ta długa spódnica? Pokaż nogi. Dlaczego taka krótka spódnica, przecież pokazujesz nogi! Na spacerek, raz dwa, raz dwa. Dlaczego mam z tobą chodzić na spacery, idź sama. I tak dalej.

Marta sięga na szafkę Iwony. Otwiera karton soku pomarańczowego i nalewa do kubka bez śladów kawy.

– Eeee – mruczy cicho, patrzy na kubek – chcesz trochę?

– Nieee. Dopiero na rozwodzie porozumieliśmy się. Choć nie całkowicie. Sędzina nas prosi na salę, Piotr drepcze za mną. Siada przy mnie. Sędzina mówi, miejsce pana jest po przeciwnej stronie, to przemieszcza się, ale znacząco mnie dotyka, tak wiesz, dodaje mi otuchy... szarpie za rękę. Sędzia pyta, od jakiego czasu nie żyje pan z żoną. No, chyba ze cztery lata – mówi Piotr. Ale przecież państwo jesteście trzy lata po ślubie. A to przepraszam, to prawie trzy, poprawia się. A po orzeczeniu rozwodu taki speszony podchodzi i pyta, czy przyjmę od niego prezent.

– Prezent?

– Wyobraź sobie! Akurat skończył książkę i dostał gratisy. „Siedemnaście wypróbowanych sposobów na trwały związek!" – Kiedy Iwona się śmieje, wygląda prawie jakby była zdrowa.

Marta krztusi się ze śmiechu.

– Przys... przys... przys... przys... przy sędzinie ci to dał? – Marcie udaje się skończyć zdanie, ale parska przy tym głośno i zaraźliwie.

– To nie był rozwód! To było rozwiązanie adopcji! – oświadcza Iwona między wybuchami śmiechu. – Opowiem ci jeszcze coś wesołego. – Prostuje się. – Był u mnie lekarz. Dwa dni po operacji! Od razu mu powiedziałam kawał, wiesz, ten o Chrystusie. Idzie z uczniami, a tam człowiek jęczy, w bólach się wije.

– Ale brzydki kawał! – Marta nie chce słuchać bluźnierstw.

– No i Chrystus – Iwona patrzy na Martę uważnie – powiedział „jesteś zdrów", jęczący się zerwał i pobiegł. Uczniowie zachwyceni, ale następnego dnia ten sam człowiek leży i jęczy, sytuacja się powtarza, człowiek się podnosi, lecz po czwartym razie Chrystus się nawet nie zatrzymuje i uczniowie pytają dlaczego, a On macha ręką i mówi „jemu już nic nie pomoże, on ma raka!". – Iwona wybucha śmiechem. – Nie podoba ci się? Lekarzowi też się nie podobał.

– Jakoś mnie to nie bawi. – Marta podnosi się z łóżka, myje kubek po soku pomarańczowym, wraca przed lustro i przygląda się swojej twarzy. Iwona już się nie śmieje.

– No dobrze, mów, co tam z mężem. – Iwona przerywa milczenie.

– No właśnie o to chodzi, że nic. Nawet nie

mamy czasu porozmawiać. Jakoś tak się zrobiło... że jakoś nam trudno... Czy ja wiem...

– Zaskocz go czymś.

– Zaskoczyć?

– No tak. Na przykład rozpuść włosy. – Iwona z wysiłkiem podnosi się na łokciu.

– Nie zauważy.

– Jak nie zauważy, to go zabijesz.

Marta patrzy na siebie w lustrze. Blada, nie umalowana twarz, wysokie czoło, oczy piwne, usta nawet ładnie wykrojone, ale jakoś tak...

– Włosy... – powtarza bezwiednie.

– Chodź tu, daj grzebień. – Iwona klepie ręką materac. – Jest w szafce na dole. – Marta posłusznie podchodzi i siada na łóżku, Iwona również siada i nachyla się ku Marcie, przeczesuje jej włosy. Niepotrzebna gumka leży obok. – No, właśnie tak. Zobacz, zupełnie inaczej wyglądasz. Musi cię zapytać, co się stało, a ty... i tak od słowa do słowa. Podmaluj się. Chodzisz zawsze taka wyblakła.

– Będę z siebie robiła idiotkę! – Marta nigdy się nie malowała i teraz ma zacząć? Przed czterdziestką?

– Głupia! Nie idiotkę, tylko atrakcyjną kobietę, której zależy na mężu.

– On pomyśli, że to nie dla niego.

– To mu wytłumaczysz. Zaskoczenie. Tego mężczyzna się boi. Daj mi kosmetyczkę.

– Ale ja nie chcę, żeby on się bał! – Marta schyla się jednak do szafki. Iwona jest ożywiona, oczy jej błyszczą. Wyjmuje i tusz, i róż, i podkład, i coś jeszcze, czego nazwy Marta nie zna.

– Chodzi o to, żeby cię zauważył. Przymknij oczy. – Iwona smaruje twarz Marty, Marta poddaje się temu bez protestu. Miękki dotyk gąbki i grubego pędzla jest przyjemny. – Jeszcze oczy.

Iwona jest zadowolona z efektu swojej pracy, podaje jej maleńkie lusterko.

– Zupełnie inaczej wyglądasz. I zrób mu jakiś prezent. Tak sobie.

– Ja jemu? Bez okazji? – Marta przygląda się sobie z mieszanymi uczuciami. No, owszem, inaczej wygląda, ale jakoś tak... obco.

– Oczywiście, że bez. – Iwona jest z siebie dumna. – Świetnie wyglądasz.

– Jaki? – Marta odkłada lusterko.

– A ja wiem? Może krawat?

– No. Bardzo oryginalne.

– Muchę! Tak, muchę. – Iwona zakrywa się kołdrą. – Ale wiesz co? Nie normalną, tylko jaką... może... tak... hiszpańską! Śliczna!

– Muchę?

– No. To świetny prezent, niech się przekręcę, jeśli to nie będzie oryginalny prezent. – Iwona patrzy na Martę, dumna ze swojego pomysłu.

– A gdzie ja dostanę akurat hiszpańską?

– Gdzie? U Calvina Kleina na pewno. Zobaczysz. Będzie zaskoczony. A jak będzie zaskoczony, to rozumiesz... Rutyna niszczy. Element zaskoczenia jest po prostu jak z poradnika...

A jeśli Iwona ma rację?

– Eeee... Hiszpańską? – Marta się krzywi, ale już w niej coś kiełkuje, może tak zrobi, na pewno tak zrobi.

– Koniecznie, koniecznie! Wiesz, hiszpańska jest magiczna. Taki przesąd... Zobaczysz, przysięgam! Zrobisz to? Zrób nareszcie coś... coś innego! Zobacz, jak pięknie wyglądasz!

Marta jeszcze raz podchodzi do umywalki. Teraz widzi w lustrze dość atrakcyjną szatynkę, z dużymi oczami i pomalowanymi ustami. Rozpuszczone włosy opierają się na ramionach. Tak pielęgniarka nie może wyglądać. Marta sięga po gumkę i związuje włosy z tyłu. Ściera szminkę. Ale z lustra nadal patrzy na nią obca i – ach – atrakcyjna kobieta. Pójdzie do tego Kleina jeszcze dzisiaj.

– Wygodnie ci? Nie potrzebujesz niczego? – mówi do Iwony.

– Nie. Mówię ci, leć, nie zastanawiaj się, raz się nie zastanawiaj, zrób głupstwo, głupstwa są bardzo pożyteczne... – Iwona ma wypieki na twarzy.

– Dobra, to do jutra. – Marta już jest przy drzwiach.

– Do jutra – mówi do siebie Iwona. – Mam nadzieję, że nie przesadziłam.

POPOŁUDNIE

Marta wpada do sali i w pierwszym momencie nawet nie zauważa, że separatka jest pusta. Stawia koło łóżka wypchaną foliową torbę i odgarnia kołdrę.

– Tutaj jestem! – głos Iwony jest cichy, płynie od drzwi, zza jej pleców. – A kuku!

Marta podbiega do Iwony.

– Dlaczego wstajesz? – Przenosi niemal Iwonę na łóżko, ale jest zła. – Na co ty mnie naraziłaś, idiotko!

– Podziałało? – Iwona jest bystra.

– Jesteś wstrętna! Po prostu brak mi słów.

Marta wyjmuje z foliowej torby różową pościel w niebieskie kwiaty i fachowymi ruchami szybko przerzuca koc i poduszkę. Podnosi nogi Iwony – są cienkie jak patyki – i delikatnie je przykrywa.

– Opowiadaj, opowiadaj. Ciekawie się zaczyna.

– Ty idiotko!

– Ja idiotko? – Iwona nie jest obrażona, śmieje się.

– Ja, idiotko, idiotka taka sama! Co mnie podkusiło, żeby tak się... mucha, mucha hiszpańska!

– Nie wiedziałaś, co to jest? Naprawdę?

– A skąd do cholery miałam wiedzieć? – Marta jest zła. Rzuca białą pościel ze szpitalnym druczkiem koło drzwi. Potem wytłumaczy lekarzowi, że to w końcu separatka, więc niech chora ma, co chce.

– To nawet dzieci wiedzą – śmieje się Iwona.

– Nie śmiej się! Wchodzę do sklepu, oglądam cholerne muchy, aksamitne, w kratę, czarne, bordowe, no i pytam, czy mają hiszpańskie, bo podobno są magiczne. – Marta uważa, że domowa serwetka też nie zaszkodzi. – No, bardzo śmieszne, bardzo. Im też było wesoło. Uraczyli mnie paroma eufemizmami na temat porno shopów! Pokładali się ze śmiechu, jak wyszłam! Widziałam przez szybę!

– A małżonek?

– Zapytał, co się stało. Ale wiesz... Byłam taka zła, że wszystko mu opowiedziałam. Pierwszy raz mnie słuchał... od wielu miesięcy. Chyba nawet... Ma taką zmęczoną twarz, tak ciężko pracuje. Podobały mu się moje włosy...

Iwona patrzy na Martę. Naprawdę jest jej lepiej w rozpuszczonych.

– Ale woli, jak nie jestem tak wymalowana. Zmizerniał ostatnio. Nie zauważyłam...

– Siadaj tutaj, koło mnie. – Iwona ma proszące oczy i Marta siada. – Element zaskoczenia zrobił swoje.

– Nie powinnaś mnie była tak podpuścić, bo... Ale pogadaliśmy. Pierwszy raz nie o szpitalu. Powiedziałam mu zresztą, że pomysł z muchą nie był mój.

– No i dobrze.

– Aż się popłakałam. Bo wiesz, kurczę, on nie rozumie, że ja też... potrzebuję czułości i w ogóle... – Marta nie chciała się rozkleić, ale już jest za późno.

– Każdy potrzebuje – mówi cicho Iwona.

– No, masz większe doświadczenie. – Tym razem Marta nie chce robić przykrości Iwonie.

– Mam.

– Ale jesteś sama – wzdycha Marta.

– Ano tak.

– Z wyboru. Czasem to ci zazdroszczę. Robisz, co chcesz. Z nikim nie musisz się liczyć. Małżeństwo, romanse. Ciekawe życie... Twoje obrazy są kupowane w całej Europie! A ja? Jeden mężczyzna i to... – Robi ręką koło i w tym kole znajduje się tylko szpitalne łóżko.

Zapada milczenie, które przerywa Iwona.

– Co ty za głupstwa mówisz?

– Sama już nie wiem. Muszę iść, czekają na mnie. – Marta się podnosi, przecież jest na dyżurze, nie może stale siedzieć tutaj.

– Przyjdziesz potem?

Marta otwiera drzwi i od tych otwartych drzwi uśmiecha się do Iwony.

– Tak, oczywiście.

WIECZÓR

Światło z korytarza wślizguje się do sali podłużną smugą. Marta maca ręką ścianę w poszukiwaniu kontaktu, rezygnuje, podchodzi do łóżka, zapala małą lampkę. Nachyla się nad Iwoną. Ciemne cienie pod oczami i jasne rzęsy.

– Halo! – mówi cicho.

Iwona otwiera oczy i mówi tak samo cicho:

– Nie spałam. Możesz zapalić górne.

Marta cofa się do drzwi i jarzeniówka zalewa pokój jasnością.

– O matko, jaki tu burdel. Będę musiała opierdolić salową.

– Jak ty mówisz, Marta!

– Daj spokój. Nikogo tu dziś nie było, czy co? – Marta nie zwraca uwagi na Iwonę.

– Nie sprzątaj, proszę. Usiądź tu, koło mnie. – Iwona mówi cicho, zanim sens słów dociera do Marty, już zgarnia naczynia od obiadu. Kładzie je w zlewie, a potem ściąga czepek i podchodzi do Iwony. Przystawia krzesło do łóżka.

– Jestem. Co słychać?

Iwona ma zamknięte oczy. Mówi z wysiłkiem, nie sprawdza, czy Marta jej słucha.

– Wózek... ten co rozwozi posiłki... ma taki charakterystyczny dźwięk... I kroki... Wiesz, odróżniam kroki Basi i Joli... wiem, która ma dyżur... Właściwie nic mnie poza tym nie obchodzi... Może ci się to wyda śmieszne, ale teraz nie zobaczysz, bo jest ciemno... Tam jest taka nisza, za oknem, widzę ją stąd... Gołębie... Ta gołębica przed srokami tych jaj pilnuje... A on, znaczy jej mąż, przylatuje do niej i tak ją dzióbkiem całuje.

– Karmi – poprawia Marta.

– Może też i karmi. Potem przylatują sroki i drą się. Ona się niepokoi... Teraz to ja codziennie czuwam... najważniejsze, czy one dopilnują tych jaj... śmieszne, nie? – Iwona otwiera oczy, niebieskie w piwnych.

– Nie – Marta mówi nie, ale to nawet nie zaprzeczenie.

– Wiem, że to głupie.

Marta nie wie, co odpowiedzieć. Jest niespokojna, za chwilę odezwie się brzuch.

– Potrzeba ci czegoś?

– Nie. – Iwona odwraca wzrok.

– Może chcesz pić?

– Nie!

– Może przyniosę ci telewizor?

– Nie.

Marta nie wie, co powiedzieć.

– Naprawdę ci nic nie trzeba?

– Nic.

Marta podnosi się, białym rękawem przeciera blat szafki. Nie wie, co robić.

– Może już pójdę? – pyta nieśmiało. Może Iwona nie chce jej obecności.

A więc tak. Milczenie.

– Zostań jeszcze... proszę... – szept tak cichy, że Marta nie wie, czy się nie przesłyszała.

Siada naprzeciw Iwony, zdejmuje buty. Nogi ma spuchnięte w kostkach. Iwona przygląda jej się uważnie. Marta masuje stopy. Widzi wzrok leżącej i natychmiast niepokój w brzuchu powraca.

– Jestem po dublecie... wiesz, co to znaczy? Podwójny dyżur, od szesnastu godzin na nogach. Popatrz!

Będzie milczała?

– Ciężki miałaś dyżur?

Marta zdziwiona podnosi wzrok, widzi zmęczone oczy Iwony. Ona naprawdę chce wiedzieć.

– Nie ma lekkich dyżurów, wierz mi.

– Słyszałam ten cholerny wózek, od trupów. Umarł ktoś?

– Tak. – Marta nie chce rozmawiać o śmierci.

– Kto?

– Nie dręcz mnie, proszę. Piękna osiemnastoletnia dziewczyna. Kiedyś. A dziś osiemdziesięcioletnia staruszka. Lepiej. Wtedy lżej, prawda? Ale to nieprawda. Za każdym razem jest tak samo. Nigdy się nie przyzwyczaję... Nigdy... Cały czas czekała, że córka przyjdzie... Nie przyszła... Na karcie jak byk stało, że przywieźli ją z domu starców... Ale do końca udawałam, że wierzę w tę córkę... Pozwól mi odejść, jestem taka zmęczona...

– Byłaś przy niej, jak umierała?

– Nie mówmy o tym. Posiedzę z tobą chwilę i pójdę. Zapomniałam, jak mój dom wygląda. Nie powinnam brać dwóch dyżurów z rzędu... Potrzebujesz czegoś?

Iwona sięga po grzebień. Rzadkie włosy, trzycentymetrowe odrosty. Przeczesuje je z trudem.

– Przepraszam, nie pomyślałam... To dlatego, że jesteś stała jak wzorzec metra czy coś takiego... Wydajesz mi się taka... Zupełnie o tym nie pomyślałam... Idź już, oczywiście, że idź... Jak wyglądam?

– Dobrze. – Marta nie słyszy w swoim głosie kłamstwa, ale wie, że Iwona je słyszy. – Znowu tak nie chwytaj mnie za słowa... – Prostuje ramiona, jakby zrzucając z siebie ciężar. – Bez przesady. Mogę jeszcze chwilkę posiedzieć.

– Nie, idź, bardzo proszę, idź już. Zajrzysz do mnie jutro, prawda? Na chwilkę, proszę, jeśli będziesz mogła...

Marta podnosi się, nachyla nad Iwoną, całuje ją w policzek.

– Oczywiście, śpij. Miałaś dzisiaj zastrzyk?

– Nie. Mam jeszcze poczwórniaka z południa. Odłożyłam na potem. Będę spać, obiecuję, no idź już, idź.

PÓŹNE POPOŁUDNIE

Iwona nie chce zapalać światła. I tak nie może czytać. Ktoś delikatnie puka do drzwi. To Marta – Iwona uśmiecha się. Wygładza obok siebie pościel. Dzisiaj w niebiesko-fioletowe pasy. Żeby pasowały do dywanika przed łóżkiem.

Drzwi uchylają się i staje w nich Tomasz. Przed sobą trzyma niezgrabnie bukiecik wątłych gerberów.

– Iwona? – Tomasz ma miękki głęboki głos.

Chwila paniki. Opanować się szybko, zanim on podejdzie bliżej. Przepchnąć ucisk z gardła niżej. Żeby móc chociaż wykrztusić słowo. Żeby się nie zorientował. Potem to z brzucha samo przejdzie.

– To ja. – Iwona się uśmiecha. – Nie poznałeś mnie? Tak źle wyglądam?

Szkoda, że nikt jej nie uprzedził, może by się podmalowała.

– Wyglądasz ślicznie. Mogę? Liczyłem, że nie będzie Marty...

– Pewno już jest w domu. Nie stój w drzwiach. Wejdź.

A więc chce z nią porozmawiać. Podchodzi. Przysuwa sobie krzesło.

– Jak się czujesz?

Głos ma niezwykły, spokojny, pewny.

Kłamać? Nie kłamać? Wie? Niech wie.

– Umieram – mówi Iwona i znów się uśmiecha. – A co u ciebie?

Oczy Tomka tak blisko. Zmarszczki. I ta powaga w oczach.

– Chciałem się z tobą zobaczyć

– To miło.

Będą tak milczeć? Nie będą milczeć.

– Chciałem cię prosić...

– Chciałam cię o coś prosić...

Razem to powiedzieli, w jednym momencie, i razem przerwali. Patrzą sobie teraz w oczy, uśmiechają się niepewnie.

– Ty pierwszy – mówi Iwona.

– Chciałem, żebyś mi wybaczyła.

Tomek jest odważny.

– Masz to u mnie jak w banku. – Ucisk sobie przeszedł niżej, nie przeszkadza, nie widać go przecież, można mówić tym lekkim tonem, nie ma sprawy.

– To ważne dla mnie. Nie chciałem...

– Niestety pamiętam. Ale to już bez znaczenia.

Czego on chce?

– Może dla ciebie, ale dla mnie...

Iwona nie może sobie na to pozwolić.

– Daj spokój.

– Właściwie chciałem ci podziękować...

Nie ułatwi mu sprawy.

– A za cóż to?

– Że Marta się nie dowiedziała.

– Nie chwal dnia przed zachodem słońca.

– Żartujesz?

Tomek się wystraszył?

– Żartuję, żartuję... – Iwona kręci głową.

– Bałem się, jak przyjechałaś. Jesteście teraz...

– ...jak siostry? – Trzeba wchodzić mu w słowa, wtedy rozmowa przebiegnie tak, jak ona sobie życzy.

– Można tak powiedzieć. Właściwie chciałem cię prosić, żebyś jej nie mówiła...

Czy on z niej kpi?

– O czym? Tomku, kochanie? O jednej zwariowanej nocy na styropianie? Zachowujesz się doprawdy jak kobieta.

– Nie powinienem był wtedy...

Tomek nie chce żartować. Jego sprawa.

– Owszem, nie powinieneś.

– Już byłem z Martą.

Jakby o tym nie wiedziała!

– Od kiedy wróciłaś, nie mogę...

– Wtedy mogłeś. – Iwona nie może sobie podarować odrobiny kąśliwości. Lekkości. Żeby nie było jej tak ciężko.

– Nie kpij.

Zna ją. Więc będzie szczera.

– Po co mnie o to prosisz? Nie bój się, nie zniszczę twojego świetlanego małżeństwa.

– Nie chodzi o nas. Damy sobie radę.

O nas. Czyli o niego i o nią, tamtą, Martę. O nas.

– Więc o co chodzi? – Iwona czuje chłód. Jest zmęczona.

– O ciebie. O mnie.

– Słucham?

– Chciałem cię przeprosić.

Znowu! Ten ton! Mój Boże. Niech on już sobie idzie. Albo nie.

– Teraz dopiero mnie wkurzyłeś. Nie odgrywaj roli skruszonego małżonka. Ja umieram. Nie zasługuję na coś tak plugawego... Zrobiłeś to tak dobrze prawie dwadzieścia lat temu, że możesz sobie podarować powtórkę.

Zraniła go. A zaraz go zrani jeszcze bardziej.

– Nie przyszedłem tu po to, żeby cię obrażać. Iwonko, ja...

Iwona podnosi się na łokciu. Jej oczy ciemnieją. Teraz ją wkurzył.

– Nie masz prawa mnie oceniać ani rozgrzeszać.

– Iwonko, przyszedłem cię po prostu zobaczyć. Podziękować ci. Zawsze byłaś ważna dla Marty... Dla nas.

Ciężkie milczenie kładzie się na łóżku. Iwona mruży oczy. Za dużo światła? Przecież jest prawie ciemno... A potem nagle podpiera się, nie może tak rozmawiać, z dołu do góry. Musi go mieć przed oczyma. Nie będzie żartować. Nie.

– A nie pomyślałeś, że nie zgrzeszyłam, śpiąc z tobą? – Słowa nie powinny być tak ostre, powinny być okrągłe. – Wpadło ci do głowy, że mogłam kochać cię całym sercem i że ta noc była dla mnie...

– Kochałem już Martę. – Tomasz mówi to z bólem.

– Jednak nie na tyle mocno, żeby móc się oprzeć moim wdziękom.

Może i nie chciała być tak bardzo sarkastyczna, ale tak wyszło.

– Nie trywializuj, błagam.

Teraz dopiero się zdenerwowała.

– Słyszysz, co mówię? Trudno ci to przyjąć do wiadomości? To takie niewygodne, prawda? I co teraz, Tomeczku?

– Nie wiem, co powiedzieć.

Prawie go nie usłyszała. Prawie.

– Nic. Wynoś się.

Tomek się podnosi, patrzy na nią, oczy ma takie jak kiedyś. Jak mogła nie zauważyć tego cholernego smutku? Wyjdzie bez słowa, bo co tu można powiedzieć? Nic.

Iwona zaciska zęby. Ucisk przechodzi z gardła do brzucha. Żeby tylko nie zaczęło burczeć. Niepokój już wziął ją we władanie. On pójdzie. Już jest przy drzwiach. Plecy ma nieco bardziej przygarbione niż wtedy, kiedy odchodził, dwadzieścia lat temu. Ale się odwraca, napotyka jej przestraszony wzrok, nie zdążyła nic z nim zrobić. Wraca, siada, przysuwa krzesło, za blisko. Iwona przymyka oczy i słucha głosu, który niegdyś kochała.

– Wiedziałem, że mnie kochałaś. I dlatego przyszedłem cię przeprosić. Bo ja kochałem Martę. To nie ty byłaś nieuczciwa, tylko ja. Ciąży mi to. Mogę nie mieć okazji porozmawiać z tobą. Nie przerywaj mi, błagam. Może to trudniejsze, niż myślałem. Wiedziałem, że ty myślałaś, że czujesz, że mnie kochasz, ale... Żałuję...

I wtedy Iwona mu przerywa:

– Ty durniu! Żaden facet nie ma na tyle uzwojonego mózgu, żeby po tylu latach żałować czegokolwiek. Że myślałam, że czuję? Ja nie myślałam, ja czułam!

– Tym bardziej mi przykro. – Głos mu lekko drży.

– Dziękuję. Myślałeś, że to wystarczy? – Iwona uspokaja się.

– Chciałem po prostu to powiedzieć.

– No, to już powiedziałeś.

Po co on siedzi? Już po wszystkim. To wcale nie było takie straszne.

– Iwona?

Śmieszna ta pościel. Wcale nie jest twarzowa, a ona w tym świetle pewnie wygląda jak trup. Ale pasuje do dywanika przed łóżkiem. Takie bazgroły. Esy-floresy. Iwona podnosi głowę.

– Tak?

– Naprawdę przepraszam. I naprawdę chciałem ci podziękować. Za wszystko, za te wszystkie lata. Za pomoc. Nawet za tę hiszpańską muchę. Chciałem cię tylko zobaczyć.

– No to zobaczyłeś. – Jej głos sztywnieje wbrew czemuś miękkiemu w środku brzucha.

– Tak. Trzymaj się.

Wyjdzie. Już teraz wyjdzie. Więc:

– Trzymaj się.

– Tak.

I wtedy to miękkie ze środka wydostaje się. Brzmi rozpaczliwie.

– Dlaczego? Dlaczego nie ja? Dlaczego ona?

O Boże, dlaczego o to zapytała? Iwona zamyka oczy. Nie, niech nie odpowiada. Ale on odpowiada.

– Bo ją kocham.

Teraz decyzja należy do niej.

– Dziękuję ci – mówi cicho.

– Nie rozumiem...

On patrzy na nią i nie rozumie. Co tu jest do rozumienia?

– Dziękuję ci... bo mogłeś powiedzieć tyle innych nieprawdziwych rzeczy. Więc dziękuję ci, choć nie było mi łatwo...

Tomek i te jego spojrzenia. Takie jak dwadzieścia lat temu. Teraz pójdzie.

– Możesz zostać jeszcze chwilę? – Iwona chce go zatrzymać.

– Z przyjemnością. – Tomasz uśmiecha się nieśmiało. – Jeśli to nie sprawi ci przykrości.

– Z przyjemnością nie sprawi mi to przykrości. – Iwona podnosi rękę do włosów. Ma odrosty, włosy straciły blask, wiąże je z tyłu, mniej widać, w jakim są stanie. – Fatalnie wyglądam, prawda?

– Nieprawda. – I tak wygląda, jakby to, co mówił, mówił szczerze. – Iwonka?

– No?

– To dla mnie ważne spotkanie. Cieszę się, że w końcu możemy tak pogadać.

– Jak?

– Od serca.

Od serca? To przecież nie jest od serca, co on sobie myśli. Nic nie zrozumiał? Iwona znowu czuje ciężar w brzuchu, taki zły ciężar, ciężar, który już przeszkadza. Co właściwie ma do stracenia? Nic. Teraz. Powie mu. Niech go zaboli, tak jak ją bolało.

– Od serca? Wiesz, że wyjechałam przez ciebie?

– Przeze mnie?

On jest naprawdę zdziwiony.

– Tak. I kiedy, kiedy rano... no wiesz...

– Pamiętam aż za dobrze...

– Więc przez ciebie... Dopiero potem okazało się, że jestem – Iwona robi przerwę, nabiera powietrza w płuca, podejmuje jeszcze raz decyzję – ...że jestem w ciąży. – Patrzy na Tomasza, ale Tomasz już na nią nie patrzy. – Tomek? Czy ty mnie słyszysz?

– Tak.

– Byłam w ciąży. Z tobą. – Już nie można się wycofać.

– Ze mną?

W głosie Tomka nie ma zdziwienia, jest tylko niedowierzanie.

– Z tobą – potwierdza mocnym głosem Iwona.

– Iwonka... proszę cię... Po co?

Głos ma łagodny, napominający.

– Nie żałujesz? – Iwona czeka, aż on... no właśnie, co on?

– Nie wiem. Nie wierzę. Powiedziałabyś mi.

– Miałam przefaksować ci moją ciążę?

– Daj spokój.

Jest smutny. Więc Iwona podejmuje ostatnią próbę.

– Jak możesz...

– Słuchaj... – Tomek przerywa jej gwałtownie. – To było niepotrzebne, to było niepotrzebne... My nie mamy dzieci...

Jakby nie wiedziała!

– Przecież wiem! I to nie mogła być jej decyzja! Czy to była twoja decyzja, czy to ty zmusiłeś Martę...

– Do niczego nigdy jej nie zmuszałem.

– Ale nie macie dzieci! – Iwona chce teraz wiedzieć wszystko. – Marta mi napisała, że podjęliście taką decyzję!

W oczach Tomka znowu to naiwne zdumienie.

– Tak ci napisała?

– Boże, czy ty mnie w ogóle słuchasz? Nic nie zrobi na tobie wrażenia? Czy mam współczuć Marcie, zamiast jej zazdrościć?

Milczy. Tomek milczy. A potem przerywa milczenie, ale nie tak, jakby ona tego chciała.

– A może nam jest ciężko, że nie mamy dzieci, nie pomyślałaś o tym?

– Czy wam jest ciężko, że nie macie dzieci? Czy byłbyś szczęśliwy, mając NASZE dziecko?

On jej w ogóle nie słucha. Mówi do siebie, w każdym razie bardziej do siebie niż do niej.

– Na początku było ciężko. Marcie było ciężko, ale ja...

– To ty zdecydowałeś? – Iwona jest zaskoczona. – Nic nie mów! To twoja decyzja?

– Niewiele wiesz – mówi Tomasz.

Ale Iwona musi wiedzieć.

– Dlaczego postanowiliście nie mieć dzieci? Tomek! Mówię do ciebie! Już mogę o wszystko pytać, już przekroczyłam wszystkie granice, już nic mi nie będzie policzone na zło albo na dobro, Tomek, ale muszę to wiedzieć. Ty czy ona?

Patrzy na niego i mogłoby jej się zrobić go żal, gdyby nie to, że jeśli to jego decyzja...

– Ale to nie ona, Iwonko, to nie ona zdecydowała.

– Jak mogłeś? – Iwona nie panuje nad sobą. Jest jeszcze gorzej, jest najgorzej. – Jak mogłeś ją do tego zmusić? Ona zawsze była bardziej delikatna, wiedziałeś, że podporządkuje się we wszystkim, jak mogłeś?

Tomek patrzy na nią z niedowierzaniem.

– Iwona! To nie ona... ja jej nie zmuszałem... Ona zdecydowała, że ze mną zostanie... mimo...

Iwona opada na poduszkę. Wszystko jasne.

– Wiedziałam! Wiedziałam, że musiałeś ją zmusić do takiej decyzji. Ona tak bardzo chciała mieć dzieci. Tak nie wolno, macie jeszcze czas. Życie jest takie krótkie...

Tomasz podnosi się i podchodzi do okna. Niewiele zobaczy, jest ciemno. I spod tego okna odzywa się łagodnie:

– Nie naprawiaj naszego życia. Niewiele wiesz. To była jej decyzja. Że zostanie ze mną. Że nie opuści mnie aż do śmierci. Że chociaż cierpię na chroniczne... Jednym słowem moje plemniki są martwe i były martwe zawsze, ona mnie nie opuści...

Iwona nie rozumie, jeszcze nie rozumie, boi się, że nigdy nie będzie rozumiała.

– To ja nie mogę mieć dzieci – powtarza Tomasz.

To nie był dobry pomysł z tą ciążą. Teraz jej głupio, dzieje się coś ważniejszego. Tylko co?

– Dlaczego ja nic nie wiem? Dlaczego ja nic o niej nie wiem? – Iwona mówi to z bólem. Tomasz odwraca się od okna.

– Usłyszałaś, co ja mówię? Cierpię na chroniczne zapalenie...

– Biedna, biedna Marta... – szepcze Iwona i ma ochotę się rozpłakać, choć tego nie zrobi.

– Więc skłamałaś. Po co? Ja i tak... Mnie i tak było ciężko... Ale cieszę się, że wróciłaś...

Iwona jest myślami gdzie indziej. To nie on jest ważny.

– Przepraszam cię, Tomek, przepraszam – mówi niedbale. – Chciałam cię zezłościć. Przepraszam.

Tomasz pochyla się nad nią. Jej niebieskie i jego ciemne oczy patrzą w siebie uważnie.

– Ty już nic nie musisz, Iwonko. Nic nie musisz. Wykorzystaj to. Ale nie przeciwko sobie. Wszystko, cokolwiek robisz przeciwko innym, robisz przeciwko sobie. Nie musisz. Ty już nie musisz.

Tomek nie siada. Teraz już pójdzie.

– Miałaś do mnie jakąś prośbę.

Powie mu, poprosi go. Trzeba chronić...

– Chciałabym, żeby ona... nie, żebyś jej nie mówił o moim stanie. Nie chcę, żeby ona się dowiedziała. Szczególnie teraz.

W drzwiach staje Marta.

– O czym mam się nie dowiedzieć?

Tomek odwraca się.

Iwona czuje nagłą suchość w gardle.

Oczy Marty ciemnieją ze złości. Zamyka za sobą drzwi, dokładnie naciskając klamkę.

– O, Tomeczku, co za spotkanie, nie wiedziałam, że cię tutaj znajdę. O czym mam się nie dowiedzieć?

Iwona milczy.

– Mówiłem ci, że chcę się zobaczyć z Iwoną.

– Myślałam... – Marcie głos więźnie w krtani.

– Chciałem się z nią widzieć sam.

Marta tanecznym krokiem podchodzi do męża.

– To miłe. Prawda, Iwona? Czy to nie miłe, że Tomek postanowił cię odwiedzić? O czym mam się nie dowiedzieć?

Iwonie i Tomkowi wyrywa się:

– Marta, proszę!

Ich głosy, nałożone na siebie, współbrzmią w pokoju nieprzyzwoicie.

– Och, jaka zgodność! Nie, to ja proszę! O czym mam nie wiedzieć?

– Marto! Miej wzgląd na nią! – Tomek jest przy Marcie, już jest przy Marcie.

A Marta przestaje się liczyć z Iwoną, chorą Iwoną, która leży wyciągnięta na łóżku, podczas gdy oni stoją obok siebie, która leży nieledwie u ich stóp. Podsuwa sobie krzesło, siada, zakłada swobodnie nogę na nogę, a wygląda lepiej niż kiedykolwiek. Fryzjer skrócił jej włosy, lekko podmalowane oczy błyszczą, a na policzkach pojawił się rumieniec.

– Może mam nie wiedzieć o tym, że rżnąłeś ją dwadzieścia lat temu? Czy to o tym mam nie wiedzieć, Iwonko? A ty Tomeczku, jak myślisz, czy to jest ta rzecz, o której nie będę wiedzieć?

Tomek kładzie jej rękę na ramieniu.

– Marto! Proszę, chodźmy do domu. To nie jest miejsce na takie rozmowy.

– O nie, kochanie. – Marta strząsa jego rękę jak uprzykrzoną muchę. – Tylko tu jest miejsce na takie rozmowy.

Głos Marty już jest spokojny. Patrzy mu prosto w oczy.

– Mógłbyś mieć tyle taktu, żeby zaprzeczyć. Lub powiedzieć, nie rżnąłem, tylko kochałem się z nią, czy coś równie głupiego...

– Marto, ja...

– Milcz, ty głupcze! – Marta podnosi głos i nie widzi kulącej się od tego głosu Iwony, widzi tylko swojego męża, któremu nareszcie może powiedzieć to, o czym wie od dawna. – Myślisz, że o tym nie wiedziałam? Dwadzieścia lat z tym żyłam. Wiedziałam, że w tobie to siedzi. Ale nie możesz z nią być!

Wtedy Iwona słabym głosem prosi:

– Wyjdźcie stąd. To nie jest moja sprawa.

I Marta jakby dopiero teraz zauważyła, że nie jest z Tomkiem sama, zwraca się do łóżka:

– To jest twoja sprawa!

– Nie, kochanie. – Iwona nie chce rezygnować ze swojego prawa do spokoju. – To nie jest moja sprawa.

– Jeśli mogę... – Tomek próbuje nieudolnie zaistnieć. – Chcę to wyjaśnić. Z wami obiema.

– Nie ma czego wyjaśniać. – Iwona podciąga kołdrę na piersi.

– Więc to prawda? – Z Marty uchodzi powietrze. Przez całe lata żyła nadzieją, że jeśli dojdzie do konfrontacji, Tomasz zaprzeczy.

– Dajcie mi spokój.

Proszę spod kołdry już jest błagalne.

Kobiety patrzą na siebie.

Głos Tomasza jest spokojny, jak zawsze.

– To prawda. Owszem, Marto, w czasie strajku mieliśmy, wtedy na uczelni... incydent. – Patrzy na Iwonę i mówi cicho: – Przepraszam.

– Za co? Przecież to prawda...

– Atmosfera czy Bóg jeden wie, co... – Tomek spuszcza oczy, stoi przed Martą bez ruchu.

Iwona patrzy na niego i na nią, jej szczupłe ręce, wymęczone ręce ze śladami po wenflonie, który na to popołudnie jest wyjęty, chwytają mocno poszwę. Teraz!

– Ja cię kochałam. I to wszystko. Walczyłam.

– Przeciwko mnie? – Marta z bezbrzeżnym zdumieniem unosi głowę, teraz ich spojrzenia się spotykają, w obydwu czai się ból.

– Nie przeciwko tobie, ale o Tomka. – Iwona nie spuszcza wzroku z piwnych oczu. Niech wie. – Kochałam go.

– Ale... – Tomek znowu chce zaistnieć, lecz żadna z nich nie zwraca na niego uwagi.

– Przegrałam. – Iwona widzi, jak kąciki ust Marty lekko drżą. – Więc wyjechałam.

– Stało się. A ona wyjechała! Ile lat można myśleć o tym, co się stało?

Marta patrzy to na Tomka, to na Iwonę.

– Nic się nie stało. – Iwona już obojętnieje. Powiedziała, co chciała powiedzieć.

– Stało się. – Dla Tomka istnieje tylko Marta. – Ona wyjechała... Jak mogłaś za mnie wyjść i nie powiedzieć mi, że wiesz?

– To była twoja sprawa. Twoja i jej! – Marta zrywa się na równe nogi. – Co miałam powiedzieć? Że wiem, że żenisz się ze mną z żalu za nią?

– Co ty mówisz? – Głosy Tomka i Iwony znowu się łączą.

– To bardzo ciekawe spotkanie, nie sądzicie?

– Tyle lat... Nie powiedziałaś ani słowa... – Tomasz mówi teraz tylko do żony.

– To ty obiecywałeś szczerość! – Marta odrzuca włosy do tyłu, jest silna.

– I dotrzymałem słowa.

– A ona? – Ten ruch ręki w stronę łóżka, za którym nie idzie wzrok!

– Iwona jest nieistotna! To było dawno... Kochałem cię i nie chciałem cię stracić! Iwona wyjechała. Przeszłość nie mogła być tak ważna, żeby niszczyła teraźniejszość! Byłem lojalny wobec ciebie. Zawsze. To ty byłaś nieuczciwa.

– Słucham?

– Wiedziałaś. Ale nie zapytałaś mnie nigdy. A ja się starałem przez te wszystkie lata, bo nie chciałem cię ranić żadnymi nieistotnymi dla nas wyznaniami o przeszłości. I tylko tobie to ciążyło, Marto.

– Ty chyba żartujesz? – W głosie Marty jest jad. – Ja? Ja jestem winna? Nie wiem, czy cię dobrze rozumiem... – Marta widzi, że Iwona chce coś powiedzieć, więc zwraca ku niej niedobrą twarz. – Nie, nie, ty nic nie mów, tak ładnie mówisz, że zapomnielibyśmy może, o czym mówimy. – Odwraca się do męża. – Więc ja jestem winna?

– Wiedziałaś i nigdy nie zapytałaś. Miałaś dużą przewagę, Marto. Szczerość, to nas łączyło?

– Łączyło? – Marta jest przestraszona.

– Starałem się przez te wszystkie lata udowodnić ci...

– ...że potrafisz o niej zapomnieć?

– Nigdy mnie nie zapamiętał. – Nie widzą jej, Iwony, naprawdę jej nie widzą. – Nie można zapomnieć kogoś, kogo się nie zapamiętało.

– Iwona jest naprawdę teraz nieistotna, Marto. Chodzi o nas.

Nie, to nieprawda, Marta patrzy na kolorową pościel i znowu widzi tam Iwonę, choć jakby jej nie było.

– Jak ty śmiesz? – Z Marty wylewa się złość. – Jak śmiesz tu przychodzić i mówić, że ona jest nieistotna. Że to był błąd. Ty męski gnoju... ty! Jak możesz przy niej tak mówić? Ona... nie zasługuje, żeby tak ją traktować!... Gdyby nie ona...

– Dajcie mi, do cholery, spokój! – Iwona zbiera siły, żeby się przedrzeć przez ten mur.

– Szanuję i podziwiam Iwonę. Ale kocham ciebie, Marto, nie chcę cię stracić. Ona o tym wie. Nie zadowolę was obu. Wybrałem. Boję się, że nie zadowolę ciebie, Marto, nigdy. Ani z Iwoną, ani bez Iwony. Myślałem, że coś się zmieniło. Szczególnie ostatnio. Nie muszę ci się zwierzać z naszej rozmowy. – Tomek wytrzymuje spojrzenie Marty, a potem podchodzi do łóżka Iwony i bierze ją za rękę. Całuje wątłą dłoń. – Dziękuję ci za wszystko. Dziękuję ci. Do zobaczenia.

– Wychodzisz? – Marta staje w drzwiach, rozkłada ramiona. – Nie wyjdziesz w ten sposób!

Tomka uderzają w plecy słabe słowa Iwony:

– Marta! Pozwól mu odejść!

Tomek dotyka ramienia Marty, łagodnie ją odsuwa. Jest tylko smutny.

– Zobaczymy się w domu. Może wtedy będziemy mogli porozmawiać. Chyba najwyższy czas.

– Palant z ciebie, ot co! – Marta się odsuwa, robi mu miejsce, Tomek wychodzi, a Marta gwałtownym ruchem zatrzaskuje za nim drzwi.

– Ten palant jest twoim mężem. – Iwona jest rozgniewana na Martę.

– No i co z tego?

– Żałuję, że nie wybrał mnie. – Iwona podnosi się na łokciu z wysiłkiem. – Niestety, nie wybrał mnie. Ty uczepisz się wszystkiego, żeby tylko twoje widzenie świata się sprawdziło. Nie słyszysz, co on mówi, ponieważ tak naprawdę gówno cię to obchodzi.

Marta zbliża się powoli do jej łóżka.

– Wiesz, że to najgorsze świństwo, w jakim uczestniczyłam! Wtedy kiedy broniłam ciebie....

– Ja nie potrzebuję obrony, Marto. – Iwona jest rozżalona. – Już nie. Wiemy, jak było. Przepraszam, że tak się stało. Ale wyjechałam. Wyjechałam od razu, kiedy zrozumiałam, że on mnie nie chce. – Płacze. – Czego jeszcze ode mnie chcecie! Przecież wyjechałam! Wyjechałam, wyjechałam, dajcie mi już wszyscy spokój...

Iwona łka, niezdarnie ociera oczy, odwraca się tyłem do świata i do Marty, naciąga kolorową poszewkę na siebie. Schowa się i nikt jej nie znajdzie.

Marta patrzy na nią z niepokojem, chwilę trwa nieruchomo przy drzwiach. Nie słychać żadnych kroków. Potem wolno podchodzi do łóżka.

– Iwona?

Ale Iwona nie odpowiada. Marta nachyla się niżej, odsuwa kołdrę.

– Iwona?!

– Nie mieszajcie mnie do waszych spraw, proszę... Już nie...

Marta zrywa kołdrę z Iwony.

– Patrz na mnie!

I Iwona patrzy na nią. Podnosi się, ma jeszcze wilgotne rzęsy, ale jej oczy patrzą ostro i wyraźnie.

– Nie dość ci, że wyjechałam?

I Marta rozumie to cholerne poświęcenie i nie godzi się z nim.

– Znowu rosną ci skrzydła?

– Ty idiotko! – Już bez śladu płaczu. – Nie

zrobiłam tego dla ciebie! Zrobiłam to dla siebie! Chcę zostać sama, zostaw mnie!

I Marta musi się odwrócić i odejść, bo kołdra jest szczelnie przed nią zamknięta i już nic nie da się powiedzieć.

WIECZÓR

Marta nachyla się nad śpiącą Iwoną, wkłada do wazonika bukiecik kwiatów, cicho podchodzi do umywalni, pilnuje, żeby woda wlewała się po ściankach naczynia. W lustrze widzi bladą twarz. Czepek pielęgniarski uciska jej skronie. Marta zakręca kurek i wyjmuje z niego dwie szpilki. Potrząsa głową i włosy rozsypują się w nieładzie. Podnosi rękę i wprawnym gestem zarzuca je do tyłu, błyszczy perłowobiały lakier na drobnych paznokciach. Marta delikatnie stawia dzbanuszek na szafce. Obrusik znów spływa prawie do ziemi, ale nie przeszkadza w porannym myciu podłogi.

– Śpimy sobie? Bardzo dobrze... Sen jest potrzebny. – Marta nie mówi tego głośno, ale czas na wzięcie lekarstw.

Iwona się przeciąga.

– Sen jest zdrowy.

Marta nachyla się nad nią, podciąga ją za ramiona, uklepuje poduszkę.

– Poprawimy zaraz poduszki, będzie nam się lepiej leżało. – Głos Marty jest profesjonalny, ciepły. – Zmienimy pościel.

Iwona opada ciężko na łóżko.

– O, już jest lepiej. Czy nam wygodnie? Na pewno jest nam dużo wygodniej.

Na prześcieradle zaplątały się cholerne okruszki. Jeden ruch ręki i prześcieradło znów jest gotowe na przyjęcie bezbronnego ciała.

– Dlaczego znowu zaczynasz? – Teraz głos Iwony z trudem się wydostaje z krtani. – Chcesz wszystko zepsuć? Co mi jeszcze chcesz zrobić?

– Spokojnie, wszystko będzie dobrze, nie denerwuj się...

– Co będzie dobrze? Co będzie dobrze? Może tobie będzie dobrze, bo nam nie będzie dobrze.

– Jezu Chryste, nie chciałam cię urazić!

– Więc nie odzywaj się do mnie tym protekcjonalnym tonem. Nienawidzę tego, nienawidzę. Możesz sobie podarować te ciumki, ja jestem ja, zachowaj je dla innych pacjentek. I tę pogodną pieprzoną twarzyczkę! – Iwona podnosi głos, staje się silniejszy, wyższy może, ale silniejszy. – I to twoje będzie dobrze, będzie dobrze... Będzie dobrze, pani Alinko, Sralinko, a co my tu mamy, zmoczyłyśmy się, zrobiłyśmy kupę, to cudowne. Nie! Nie my, tylko ja. Wyłącznie ja. Nie byłyśmy grzeczne, patrzyłyśmy przez okna, miałyśmy bóle. Nie! Kochana siostro, to tylko ja! Ja leżę, a nie my leżymy. To ja gapię się na ten biały prostokąt, to ja mam bóle i to nie my musiałyśmy w nocy dzwonić po zastrzyk! Ciebie przy tym nie było! To tylko ja!

Marta przerażona wybuchem Iwony cofa się. Teraz to napięcie pójdzie do brzucha, tam się usadowi. Znowu coś źle zrobiła. A potem spokojnie mówi:

– Dobrze. Możesz na mnie napluć. Jestem kretynką. Masz rację. – I oto dzieje się cud: to, co miało się przenieść i wniknąć do jej brzucha, nigdzie się nie przesuwa, nie przenosi, jest lekka jak piórko, żadnego niebezpieczeństwa.

– Oczywiście, że mam rację. – Iwona patrzy na nią spod oka, ale jej głos już się obniżył. – Czy ja ci zadaję te idiotyczne pytania w liczbie mnogiej? Czy zrobiłyśmy wczoraj obiadek? Czy mąż nas zdupczył wczoraj troszeczkę? Byłyśmy u miłych znajomych?

– Masz rację! – Marta krzyczy, ale w brzuchu nie ma nic.

– Wiem – mówi Iwona i milknie.

Więc Marta zdobywa się na jeszcze więcej:

– Przepraszam. Źle się czujesz?

– A dlaczego mam się źle czuć?

No i co na to powiedzieć? Marta płoszy się.

– Leżymy sobie?

– Zgadnij.

Niedobrze. Trzeba inaczej.

– Potrzeba ci czegoś?

– Skąd. Jest mi po prostu fantastycznie. – Iwona robi się sarkastyczna. – Tak sobie leżę już piąty tydzień. Rękę mam unieruchomioną. Z trudnością się podnoszę. Ale jest mi fantastycznie. Świeży tlen. Powietrze. Czysta pościel. Bosko. Chcesz się zamienić?

– Jesteś rozdrażniona, ale ja to rozumiem. – Najważniejsze to nie dać się sprowokować.

– Naprawdę? – Głos Iwony brzmi bardziej znajomo.

– Tak, rozumiem.

Teraz Iwona na nią patrzy uważnym spojrzeniem, nieznanym. Marta nie wie, co robić. Czeka.

– Czy możesz coś dla mnie zrobić?

– Wszystko – mówi Marta z wyraźną ulgą.

Wtedy Iwona podnosi się z wysiłkiem, jej blada dłoń sięga do rurki z tlenem, odsuwa ją, potem wyciąga do Marty rękę, do której podłużnymi kroplami sączy się życie.

– Odłącz – mówi, wskazując na kroplówkę.

– Nie mogę! Musi zejść do dwudziestej drugiej. – Marta wie, że zbyt pochopnie obiecała to „wszystko".

– Chcę wstać. Na moment. Proszę.

Marta zaciska przezroczysty wężyk.

– I co teraz?

– Pomóż mi. – Iwona wyciąga do niej dłoń, Marta ją chwyta, a Iwona podnosi się z wysiłkiem i powoli spuszcza nogi z łóżka.

– Co ty robisz? – Ale ręka Marty jest silna, nie puści.

– Boże, pomożesz mi czy nie?

– Chcesz wstać? – Pytanie jest głupie, bo Iwona już wstała. Chwieje się na nogach, przezroczysty wąż od kroplówki, spuszczony w dół, trzyma ją na uwięzi, a ona robi parę kroków w stronę krzesła.

– Popraw to wszystko, proszę...

Ach, o to chodziło. Marta strzepuje prześcieradło, wciska skraje pod materac, chwyta za dwa rogi poszwę, prostuje w niej koc, klepie znów w poduszki.

– Tak? – pytająco patrzy na Iwonę – Mogłaś leżeć.

Robi jej miejsce, ale Iwona wskazuje ręką na łóżko.

– A teraz kładź się.

– Co?

– Kładź się.

– Zwariowałaś?

– Proszę, połóż się.

I Marta posłusznie wyciąga się na łóżku.

– A teraz tlen. A teraz rączka. Wygodnie ci? – Niezgrabnymi ruchami Iwona podkłada jej tlen pod nos i przymocowuje prawą rękę bandażem do łóżka.

Marta poddaje się temu bez sprzeciwu. Łóżko jest wygodne, po całym dniu biegania jej mięśnie powoli się odprężają.

– Tak – mówi. Jest dobrze.

– Leż. Udawaj, że ci jest wygodnie.

Marta nie musi udawać. Jej zmęczone ciało przylgnęło do pościeli.

– Tak? – Poprawia się i nieruchomieje.

– Właśnie tak.

– Jak długo mam tak leżeć? Ktoś może tu wejść.

Iwona narzuca na siebie szlafrok, podaje jej rękę. Marta zwalnia ucisk na przezroczystej rurce, kropelki znowu zaczynają spływać do żyły. Iwona przestawia stojak do kroplówki bliżej swojego krzesła i siada przy Marcie.

– Nikt nie wejdzie. Przecież wiedzą, że ty tu jesteś. Udawaj, że nie możesz się ruszyć. Zamknij oczy.

– Dobrze... Leżę... – Marta posłusznie zamyka oczy.

Iwona opiera się o poręcz łóżka. Oddycha ciężko i czeka, żeby jej organizm przyzwyczaił się do nowej pozycji. Jej serce przestaje walić jak oszalałe, nogi już tak bardzo nie drżą.

– Zobaczysz, co to znaczy tak leżeć – mówi cicho. – I nic nie móc. Jaka to przyjemność. Ostatnia. Więc sobie poleż, Marto, a ja posiedzę przy tobie. Aż zdrętwieje ci ręka, kręgosłup, aż zacznie cię boleć krzyż.

Oddech Marty jest spokojny i równy. Iwona patrzy na nią i ciągnie:

– I potem porozmawiamy. Kiedy odciśnie ci się gumka od tlenu. Ale za to świeże powietrze. I w ten sposób, Marto, może się zrozumiemy... Bo innego wyjścia nie ma. I może wtedy już nie będziesz wchodzić i pytać, czy sobie leżymy. Bo muszę leżeć, prawda? – Iwona nie słyszy odpowiedzi, podnosi głowę i dopiero teraz zdaje sobie sprawę, że Marta śpi.

Ma ochotę ją szarpnąć, zrzucić z łóżka, niech zobaczy... Ale przygląda się leżącej kobiecie, fartuch podwinął jej się, prawa noga, ugięta, budzi w niej rozczulenie, cień rzęs na policzkach pielęgniarki jest długi. Iwona podnosi się z wysiłkiem, sięga po koc i delikatnie okrywa Martę. Potem znów siada koło niej, a kroplówka wolno wspiera jej organizm.

– Nie możesz wiedzieć... – szepcze Iwona. – Może to i lepiej...

WIECZÓR

– Jezu! – Marta się podrywa, ale przywiązana do łóżka prawa ręką przytrzymuje ją. – Która godzina? Zasnęłam! Iwona!

Iwona z uśmiechem patrzy na Martę, która usiłuje odczepić ten cholerny bandaż od łóżka.

– Jestem tu – mówi cicho.

Marta wodzi wokół nieprzytomnym spojrzeniem.

– Kroplówka! – przypomina sobie i w jej oczach widać przerażenie.

Iwona z dumą wyciąga do niej rękę.

– Zeszła. Pilnowałam.

– Przepraszam... Taka byłam zmęczona...

Pomaga Iwonie wejść do łóżka, układa ją z czułością.

Iwona się uśmiecha.

– Odpoczęłaś?

– No... – Czy może powiedzieć prawdę?

Iwona wyciąga rękę.

– Pomóż mi.

Marta chwyta ją pod ramiona, sadowi wygodniej, Iwona chce siedzieć, nie chce leżeć.

– Co ty wyprawiasz, co ty robisz... – Jakże jej wstyd, że zasnęła.

– Nie możesz wiedzieć – Iwona rzuca w przestrzeń ciemnego pokoju. – I ja nie mogę wiedzieć.

– Wiedzieć? Czego?... – Marta nie rozumie, mimo że tak bardzo się stara.

Iwona nie tłumaczy. Położyła ją – ale to nie Marta jest chora. Siedziała przy łóżku, ale to nie ona była odwiedzającą. Na nic całe to doświadczenie.

Marta patrzy na zegarek, jest po dziesiątej.

– Późno już. Weź poczwórniaka, nie będzie ci tak niewygodnie. Będziesz spała... Dobranoc... – I Marta umieszcza dzwonek blisko ręki Iwony, poprawia kołdrę, a gdy Iwona zamyka oczy, myje kubki, gasi światło, wychodzi, ale zostawia drzwi uchylone, światło pada przez szparę. W drzwiach się odwraca i mówi ciepło:

– Wrócę jutro...

Iwona ma zamknięte oczy, może już śpi. Marta cichutko naciska klamkę i wtedy słyszy swoje imię.

– Marto? – Iwona się uśmiecha. – A jak tam mąż, zdupczył nas wczoraj troszeczkę?

RANEK

– Już.

Marta schyla się i odstawia basen. Iwona poprawia się na łóżku. Cienie pod jej oczami powiększyły się, oczy zapadły w nieznaną dotychczas przestrzeń.

– To takie upokarzające...

– Co ty opowiadasz... Zobaczysz... Wszystko w normie... Zaczęły działać leki. Tak musi być. Będzie lepiej za dzień, dwa... – Głos Marty brzmi przekonywająco. Lata pracy robią swoje.

– Wcale mi życie nie staje przed oczami – skarży się Iwona.

– Przestań, przestań tak mówić! Jeszcze nie wszystko stracone!

Ale Iwona wcale nie chce jej słuchać. Chce mówić.

– To bzdury, że całe życie staje przed oczami. W nocy cała zamieniam się w prośbę: niech nie boli, niech już nie boli! Jak się mogłam skurczyć do takiego myślenia! Tylko o tym, żeby nie bolało! Żebym jeszcze dzisiaj mogła normalnie zrobić kupę! Jeszcze tylko dziś! Dlaczego wcześniej nie wiedziałam, że normalne wysranie się to takie wielkie, porażające szczęście?

– Proszę cię... – Marta delikatnie dotyka jej policzka. Jest suchy i naciągnięty jak struna.

– Nie proś mnie! Dlaczego moje życie skurczyło się do problemu kupy? Dlaczego mnie tak boli?

Marta czuje ten ból, musi zrobić zastrzyk. Przestanie boleć. Na chwilę.

– Poczekaj, zrobię ci zastrzyk!

Marta podrywa się, sięga po basen i szybkim krokiem wychodzi z pokoju. Musi porozmawiać z lekarzem.

POŁUDNIE

Dzisiaj Marta wzięła ze sobą książkę. Czytasz w domu czy tu, w tej sali, jaka to różnica? Iwona śpi. Marta przewraca kartki książki, wreszcie ją odkłada.

– Siedzisz tu cały czas? – Marta podskakuje na głos Iwony.

– Nie... Tak... – uśmiecha się do niej. – Iwona?

– Co?

Marta sięga do kieszeni sweterka, jasnobrązowy ładny sweterek oplata jej biodra.

– Przyszłam wtedy... Nie wiedziałam, że Tomek będzie... Przyszłam, bo chciałam ci oddać ten czek.

Iwona musi na nią spojrzeć. Prosto w oczy.

– Nie możesz nic ode mnie przyjąć?

– Mogę... – Marta trzyma czek w wyciągniętej dłoni. – Ale... Ale tamten dyżur nie był tyle wart. Nie chcę tych pieniędzy...

– Okej. – Iwona po chwili wahania wyciąga rękę. Ich dłonie spotykają się w powietrzu.

– Daj. – Iwona drze czek. – Nie żal ci?

Marta bierze haust powietrza do płuc i wypuszcza je z lekkim szumem.

– Żal. Żal. Jak cholera żal. Taka kupa forsy!

Jeszcze jak mi żal. Ale teraz mi lepiej. Jest jedna rzecz, którą chciałabym od ciebie teraz dostać.

Iwona odkłada drobiny papieru na szafkę.

– Nie zaczynaj. Ale możesz sobie obejrzeć... – Wskazuje palcem na szufladę. – Tu leży...

Marta wyjmuje pierścionek, który w świetle słońca rzuca lekki blask na ciemnozieloną podłogę. Ogląda go pieczołowicie.

– Ten pierścionek był dla mnie.

– Ale ja go dostałam.

Marta wie o tym doskonale, trudno.

– Nie chcesz mi go dać, bo to by cię za dużo kosztowało?

– Przez prostą złośliwość.

– Nie chcesz mi dać tego, co ja chcę. Chcesz mi dawać tylko to, co ty chcesz.

Iwona przytakuje.

– To wysoce prawdopodobne.

I teraz Marta musi się zastanowić, o co jej chodzi.

– A może tak mi na nim zależy, bo tobie na nim zależy...

Iwona wyciąga rękę, bierze od Marty pierścionek. Nakłada na serdeczny palec. Pierścionek wisi jak za duża obręcz.

– Zsuwa mi się ze wszystkich palców... A na kciuku nie mogę go nosić.

– Piękny.

Iwona przechyla się i wrzuca pierścionek do szuflady.

– Nie chcę ci go dać, Marto.

Iwona znowu gdzieś odpływa, Marta nie wie, gdzie, ale musi ją przywołać.

– Jesteś? Hej, jesteś? – udaje jej się powiedzieć to lekko.

– Jestem, jestem, ale już słabo jestem. Co mówi doktor Saranowicz?

– Saranowicz? – Marta jest zaskoczona, nie spodziewała się teraz pytania o Saranowicza.

– Widziałaś się z nim? – Twarz Iwony jest bez wyrazu.

– Z doktorem Saranowiczem? Chyba jeszcze nie przyjechał.

– Słyszałam jego głos na korytarzu.

Ach, więc to tak. Trzeba szybko coś powiedzieć, nie robić przerw, nie zastanawiać się, nie dopuścić Iwony do głosu.

– Może i przyjechał, ale skąd ja mogę wiedzieć, co mówi. – Marta tak dobrze wczuła się w rolę, że jej słowa się rozpędzają i płyną wartkim strumieniem, bez jej udziału. – Czy ty myślisz, że ja się opierdalam cały dzień? Nie wiedziałam dzisiaj, w co ręce włożyć. Dawno nie było takiego pieprzonego dnia. Ta z erki nam zeszła, wiesz, mówiłam ci, ta, co ją przywiózł mąż i rzucił na łóżko. Samobójczyni pieprzona. Mówiłam, zostawić wenflon, bo żyły mi uciekają. Ale oczywiście lekarz wiedział lepiej. Wyjąć, bo jutro wypis. No i spadło ciśnienie. Basia w jedną nogę, ja w drugą, on szuka w dłoniach, ale...

– Ta, co się przez męża truła?

– Uhm. Sinieje nam w oczach – Marta bierze głęboki wdech, nie przestać, nie przestać mówić – a Basia z aparatem tylko melduje sto na sześćdziesiąt, osiemdziesiąt na czterdzieści, sześćdziesiąt na trzydzieści, a ona pani doktór ja będę umierać, czterdzieści na zero... Gdyby był wenflon, można było podać... To jak ja miałam Saranowicza pytać o cokolwiek!

– Martuniu...

– A potem jeszcze dwa cukry, posiew...

– Martuniu... – Iwona delikatnie przywołuje ją do porządku.

O Boże, jeszcze nie! Marta coraz większy wysiłek wkłada w nową opowieść.

– Ach, wyobraź sobie, i przyjęliśmy na oddział Piłata. Śmieszne nazwisko, nie? A za mną stanął lekarz, Jacek, wiesz, ten młody z ginekologii i mówi mi na ucho, to wy macie taką umieralność, że z Biblii musicie dobierać?

– Martuniu...

– Ale obiecuję, jutro z samego rana...

– Martuniu, muszę ci coś powiedzieć... – Iwona się uśmiecha, ale nie jest to uśmiech radosny, ona uśmiecha się smutno. I wtedy Marta rozumie, że stało się coś, o czym ona nie wie, i rozumie, jaka jest śmieszna z tym opowiadaniem o Piłacie.

– Był tutaj? – Nie zapanowała nad swoim strachem.

– Nie – mówi cicho Iwona, a Marta musi ukryć ulgę, odwraca się na moment do okna, potem znowu do Iwony. Uda się.

– No widzisz – mówi pewnie.

Iwona uśmiecha się i teraz ona bierze głęboki wdech.

– Ja te badania miałam robione w Paryżu. Dlatego wróciłam...

Zapada milczenie i poprzez to milczenie przychodzi do Marty zrozumienie wszystkiego. Od początku. Marta podnosi ręce do oczu, zakrywa twarz, potem je opuszcza, idzie do okna, cofa się, ciężko siada na łóżku Iwony. Nie ma odwagi spojrzeć jej w twarz. Ciążą jej ramiona i nogi, wszystko jej ciąży.

– Dlaczego? – wyrywa jej się prawdziwie, z bólem.

– Czasem ci wierzyłam... Że nie ma kto odczytać wyników badań... Że wszystko przede mną...

– Ale po co, po co? – Marta jest zrozpaczona. Wszystkie jej starania na nic.

– Po nadzieję. Bo ty nie wiedziałaś, że umieram. – Iwona mówi spokojnie, tak spokojnie, że Martę każde słowo boli. A więc wiedziała. – Mogłam udawać, że też nie wiem.

– Przecież ja od razu wiedziałam – wyrywa się Marcie, ale już jest za późno, nie można cofnąć tych słów.

Iwona uśmiecha się, w jej wymęczonych oczach błyskają te węgielki, które Marta pamięta z przeszłości.

– Ma to dobre strony.

Marta patrzy na nią zdziwiona.

– Możemy przynajmniej zejść z tematu Saranowicza.

Trzeba coś powiedzieć, szybko coś powiedzieć – kołacze się Marcie po głowie i wreszcie ma już gotowe zdanie:

– Wiesz, ale to jeszcze nie znaczy, że...

– Oczywiście, Marto. – Iwona przerywa jej w pół słowa. – Nic nie znaczy. Prawie nic nie znaczy. A ja prawie jestem... Jestem jeszcze trochę. Poznaję to po tym, że chcę spać. Idź już, Marto, idź już, chcę spać...

I Marta podnosi się po raz kolejny i po raz kolejny idzie po ciemnozielonym linoleum do drzwi. Iwona leży nieruchomo.

POPOŁUDNIE

Iwona patrzy z przyjemnością na Martę. Jest ładna, naprawdę ładna. Świetnie jej zrobiła nowa fryzura i dobrze, że przestała się ubierać w te spódnice rodem zszafyciotkizprowincji. Ma śliczne oczy, a mysie włosy to kolor niezwykły. Trzy jaśniejsze pasemka z prawej strony znakomicie to podkreślają. Iwona patrzy na Martę i podejmuje decyzję tak trudną, że aż zamyka oczy.

– Boję się, że umieram – mówi wreszcie i nie otwiera oczu. Czeka.

Ciche milczenie, oddech Marty robi się krótki.

– Boję się, że umierasz – mówi Marta i jakby przerażona tym, co powiedziała, chce uciec, ale nie ma gdzie, więc tylko patrzy na Iwonę, która otwiera oczy i w jej oczach jest podziękowanie.

– Nic już nie można zrobić, prawda?

– Zawsze jest nadzieja. – Marta przełyka ślinę o wiele za głośno.

– Nie pierdol, siostro – mówi Marta, ale jej głos przeczy przekleństwu. Jest spokojny. – Nic już nie można zrobić, prawda?

– Wszystko, co było można, zostało zrobione.

W ciszy szpitalnej sali zamiera powietrze.

– Nie ma dla mnie ratunku?

– Zawsze jest nadzieja – powtarza martwo Marta.

– Na cud?

– Na cud.

Iwona wyciąga rękę. Marta pośpiesznie wybiega ze swoją dłonią naprzeciw. Uścisk Iwony jest słaby.

– Dziękuję ci – mówi ręka i spierzchnięte wargi.

I wtedy Marta łamie się.

– Tak się boję, siostro.

– Tak się boję, siostro... – Iwona oddaje uścisk. – Wydaje mi się, że nie wytrzymam tego strachu. – Iwona kuli się, jej głos jest cichy, tak cichy, że Marta musi się nachylić. – Żeby tak od razu... A potem myślę, że to dobrze, że jeszcze nie... Jak jest słońce... Ale słońce wschodzi niezależnie od wszystkiego, prawda?

– Prawda.

– I wzejdzie po mojej śmierci. – Iwona patrzy w okno, tam, gdzie świt rano przedostaje się przez gałęzie rozłożystego kasztana. Pożółkłe liście drżą na wietrze. – Jakby się nic nie stało. Jak po śmierci rodziców... A od ich śmierci nie było dla mnie nic świętego.

– Dla ciebie też?

Iwona patrzy na nią uparcie, a w Martę wstępuje dawny niepokój. Więc woli poprawić koc, poduszkę, woli nic nie mówić, bo przecież jest tylko cienka granica...

– Marto? Pytałam cię... czy dla ciebie też... Marto!

A jednak. Stało się. Dlaczego Iwona nie dała jej spokoju? Ale wezbrana fala już ma ujście i twarz Marty wykrzywia się.

– Jak możesz! Jak możesz mnie pytać, co dla mnie było święte! Nigdy ci nie jest za mało siebie samej?

– Nie rozumiem – mówi Iwona i rzeczywiście nie rozumie. Więc przyszedł czas, żeby wszystko powiedzieć.

Marta staje w nogach łóżka, chwyta za poręcz, pochyla się w stronę Iwony, ściska łóżko tak bardzo, że wydaje się, że wygnie metalową poręcz.

– Jak możesz używać słowa „też"? Zapomniałaś, że to ja siedziałam przy matce, myłam ją i cierpiałam z nią, to ja byłam na każde zawołanie, to ja musiałam na to patrzeć!

– Ale ja... – Iwona chce słabo zaprotestować.

Lecz Marta jej nie pozwala. W Marcie coś pękło i wylewa się szeroką strugą, której już nie jest w stanie kontrolować.

– Wyjedziesz znowu ze swoimi pieniędzmi? Oczywiście, że dzięki tobie było na najdroższe leki, ale to wszystko. To nic! To już tylko ja wyłam z rozpaczy i widziałam, jak gaśnie dzień po dniu, i nawet wtedy nie zauważała mnie, tylko czuła brak ciebie, i słyszałam twoje imię we wszystkich przypadkach. O tobie, z tobą, przy tobie. Ty, ty, ty! – Marta nie chce, żeby jej głos był tak nabrzmiały żalem, ale jest. – Tęskniła do ciebie, a ja trzymałam ją za rękę...

Iwona siada mocniej na łóżku, odrzuca tlen, chce Marcie przerwać.

– Marto!

Ale Marta doskakuje do niej.

– Nie! Nie przerywaj mi teraz! Myślałaś, że nie będę miała odwagi w tej sytuacji? Pieprzyć to! Chrzanić to wszystko! Zawsze ty! Wspaniała ty! – Głos Marty staje się piskliwy, prześmiewczy. – „Bierz z niej przykład, kochanie, dlaczego nie zachowujesz się jak Iwona? Iwona to boże dziecko, widzisz, jaka jest odważna, nigdy nie bała się ryzykować. Jestem taka szczęśliwa, wiedząc, że Iwona sobie ułożyła życie. Iwona jest po prostu bardzo zdolna. Iwona na pewno będzie robiła w życiu coś nietuzinkowego". – Marta macha rękoma, jakby stała na arenie i chciała szerszemu audytorium pokazać: oto coś wspaniałego. A potem nagle odwraca się do pustego krzesła i słodkim fałszywym głosem dodaje: – „Ale to dobrze, że z ciebie taki pracuszek, o, Iwona to ma fantazję, widzieliście, co zrobiła ze swoim pokojem? Iwona jest taka barwna – nadal jej głos brzmi fałszywie – ale i z ciebie jesteśmy dumni, dziecinko". – Marta zbliża się do Iwony, teraz może jej spojrzeć prosto w oczy. – Nawet wtedy kiedy ciebie nie było, było cię o wiele za dużo dla mnie... A ty nie przyjechałaś... Ty – Marta jest zdziwiona, tak zdziwiona jak nigdy przedtem – ty nie przyjechałaś...

– Marto, ja...

Ale Marta już się cofa od łóżka. Już nie mówi do Iwony, mówi do całego świata.

– Ty nie przyjechałaś! Nawet na pogrzeb. A co z Iwoną, o Iwonie, dla Iwony, Iwona? – Głos Marty kpi. – Iwona nie przyjedzie, mamusiu, bo jej się nie opłaca. Bo jak przyjedzie, to już nie wróci do swojej kochanej Francji, swojej nowej ojczyzny, au revoir! I do Piotra, oczywiście. Już nie będzie mogła wrócić, mamusiu. I dlatego masz tylko mnie. Ta, która zawsze była mniej kochana, siedzi przy tobie i nie boi się, że jej coś zabiorą. Niestety. Tylko ta druga, ta mniej ważna, siedzi przy tobie i słucha o Iwonie. – Głos Marty mięknie niespodziewanie. – Przepraszam, mamusiu, że nie jestem Iwonką. Mogłybyśmy się zamienić, bo ja bym przyjechała zewsząd, z końca świata i nie bałabym się ubecji ani stanu wojennego, mamu-

213

siu. Ale ta dzielna Iwona też się nie boi, mamusiu. Przecież zawsze była taka odważna. Pewnie nie może znieść myśli o twoim umieraniu, mamusiu. Od tego masz mnie. Tyle osób umarło mi na rękach przed tobą, mamusiu. Nie martw się, poradzę sobie. Zawsze sobie radziłam. A poza tym jestem przyzwyczajona, mamusiu. Przecież sama sobie wybrałam ten zawód, choć to był zawód dla ciebie, mamusiu. Zawiodłam cię. – Marcie łamie się głos, chwilę walczy ze wzruszeniem i czeka na tę wściekłość, która doda jej sił. Podchodzi do łóżka i już ma siłę, żeby prosto w te niebieskie, zmęczone oczy nareszcie powiedzieć prawdę. – Nie ćwicz tego ze mną! W tej chwili nie! Zawsze to robiłaś! Teraz jesteś taka biedna, że nie można ci mówić takich rzeczy, prawda?

Ale Iwona jej nie widzi. I Marta z rozpaczą powtarza raz jeszcze:

– To kiedy ci to mogę powiedzieć, kiedy, no!

Iwona nie otwiera oczu, więc Marta nachylona nad nią szarpie ją za ramię.

– Odpowiedz mi!

I wtedy spostrzega, że Iwona nie może złapać oddechu, widzi, że rurka z tlenem leży obok. Nerwowo zakłada gumkę pod nos Iwony, odkręca kurek mocniej, bierze ją za rękę i czuje zamierający puls.

Strzykawka we wprawnych dłoniach Marty zamienia się w życie, Marta pewnym ruchem wbija igłę i pakuje w leżącą życiodajny płyn.

– Spokojnie, Iwonka – jej głos jest teraz pewny, łagodny – spokojnie, chwileczkę, już dobrze, malutka, już dobrze, poczekaj, psiakrew jasna, oddychaj, oddychaj, tak...

Odkłada strzykawkę, wpatruje się w twarz Iwony z napięciem. Iwona otwiera oczy, łapie powietrze.

– Nie... – Iwona macha ręką, jakby odganiała się od much.

– Boże, co ja zrobiłam... – Marta jest przerażona. – Nie wytrzymuję tego napięcia...

– Nie... nie przerywaj. Mów dalej... Proszę.

– Przepraszam, nie wiem, co mnie opętało, to nieprawda, taka jestem podła...

Iwona nabiera sił z każdą sekundą. Głos ma mocniejszy, kiedy mówi:

– Nie... Nigdy nie myślałam... to musiało być straszne dla ciebie. Straszne.

– Nie, ja to w złości mówiłam, ja wcale tak nie myślę.

– Myślisz, dzięki Bogu myślisz. Wybacz mi, Marto, że musiałaś mi to powiedzieć...

I wtedy Marta czuje, jak znowu wypełnią ją złość. Każdą komórką swojego ciała czuje, jak obcy chłód dotyka jej wnętrzności.

Odchodzi do okna, spod okna rzuca w stronę łóżka i wystraszonej Iwony zimne słowa:

– Niestety, jednak cię nienawidzę. Nawet teraz musisz być lepsza? Nie sprawdzisz, czy cię nie swędzi pod łopatkami? To taki pierwszy objaw wyrastających skrzydeł! Boże, jak ja cię nienawidzę!

– Zamknij się i pozwól mi coś powiedzieć!

– Już sobie kupiłaś dyżur, żeby było jak u nas w domu, i dobrze za to zapłaciłaś! Ale ja nie muszę się teraz podporządkować! Nic się nie dzieje naprawdę! Nic! – Przypomina sobie ton Iwony z tego dyżuru opłaconego tak drogo i przywołuje go. – „Och, moja siostra posikała się w majtki, och, wszyscy się z niej śmiali". Powiedz: „Przepraszam cię, siostro, że byłam wstrętną gówniarą, która ośmieszała cię na każdym kroku!". Powiedz to, póki możesz jeszcze mówić!

Iwona kaszle, ale Marta cierpliwie czeka, aż siostra sama odkręci sobie ten kurek, da więcej powietrza. Widzi zmagania Iwony, lecz nie podchodzi, czeka, zamarła w oczekiwaniu, jakby od tego zależało jej życie.

– Przepraszam, przepraszam, przepraszam – mówi urywanie Iwona, ale Marta nie podchodzi. I nagle wściekłość ustępuje i pojawia się smutek.

– Co ja ci takiego zrobiłam, że tak strasznie się na mnie mściłaś? – Marta patrzy na kasztan za oknem, żałosny jesienny kasztan, który zaraz pozbędzie się liści, który będzie straszył wygiętymi konarami aż do następnej wiosny.

– Byłam zazdrosna o ciebie – dobiegają do jej uszu mocne słowa Iwony. – To wszystko.

Marta czuje się tak, jakby dostała silne uderzenie w brzuch. Nie może opanować zdumienia.

– Ty???

– To ja cię nienawidziłam. – Iwona mówi tak, jakby stwierdzała fakt powszechnie wiadomy. – Tego twojego porządku... I tego, że z ciebie, gówniary, mam brać przykład. Stawałam na głowie, żeby mnie zauważyli. A moje zeszyty nigdy nie były pokazywane. I nie umiałam żadnego pieprzonego wierszyka na pamięć. I próbowałam się nauczyć „Ojca zadżumionych", żeby nareszcie... Trzy razy księżyc obrócił...

– Odmienił – poprawia machinalnie Marta – odmienił się złoty, gdy na tym piasku rozbiłem namioty...

Iwona gorzko się uśmiecha.

– Widzisz? – Milknie na chwilę i potem kończy: – Maleńkie dziecko karmiła mi żona...

– Prócz tego dziecka trzech synów, trzy córki... – Marta robi krok w kierunku łóżka.

– Cała rodzina dzisiaj pogrzebiona przybyła ze mną. – Iwona się uśmiecha.

Ich zgodne głosy brzmią w pustej sali jak piosenka.

Marta podchodzi do łóżka.

– I nie grałam na pianinie. I to mnie nadepnął słoń na ucho. „Marto, zagraj nam coś, kochanie. Niestety, tu nasz tatuś konfidencjonalnie ściszał głos, Iwonie słoń nadepnął na ucho". Budziłam się w nocy i czułam te pazury słonia depczące po moich rozklapcanych uszach... Chciałam, żebyś umarła...

Iwona milknie, ale Marta nie jest zła.

– Iwona?

Ale Iwona odwraca wzrok.

– Więc jak to było? Trzy razy księżyc odmienił...

– Obrócił... – mówi machinalnie Marta i widzi światło w oczach Iwony.

Obie uśmiechają się do siebie.

– Uczeszesz mnie? Zobacz, jak wyglądam... – Iwona jest odważniejsza.

Marta bierze grzebień i przeczesuje słabe włosy Iwony. Są teraz ciemne, prawie tak ciemne jak jej, ale bez połysku. Upina je na czubku głowy.

– Nie będą się wplątywać w to... – Zakłada Iwonie z powrotem gumkę z tlenem. – A ten dyżur? Ten wygłup? Żeby było tak jak w domu, za pieniądze? Po co?

– Nie chciałaś ze mną rozmawiać. To był jedyny sposób, żebym ci coś mogła powiedzieć.

– Ale już nie usłyszeć. – Marta nie umie się opanować.

– Zgodziłaś się... Mogłaś się nie zgodzić. Ale się zgodziłaś.

Tak było, musi to przyznać. Więc przyzna.

– No. – Dyżur to dobry pretekst, żeby być razem.

Iwona pokazuje na sok. Marta nalewa do dwóch kubków, jeden podaje Iwonie. Nie powinna tego pić. Ale już nic nie może jej zaszkodzić.

– Tomek mi powiedział... – Iwona patrzy na nią ze smutkiem. – Dlaczego nie ty? Dlaczego nie ty?

Uda Marty napinają się.

– Co ci powiedział?

– Dlaczego nie macie dzieci.

Marta trzyma kubek blisko ust. Zastanawia się.

– Bo ja...

– Dlaczego nie ty mi to powiedziałaś?

A więc Marta jej powie.

– Kurczę, Iwona. Ty i ta twoja ciąża. Zdecydowałaś się na skrobankę. Ja bym życie oddała, żeby być w ciąży... z nim. – Przedrzeźnia Iwonę. – Miałam zabieg, kochana Marto, nie mogę przyjechać, bo miałam zabieg, kochana Marto...

– Miałam zabieg, kochana Marto. – Iwony głos jest smutny. – Nie mogłam przyjechać... Najpierw leżałam cztery miesiące z nogami do góry, kochana Marto, z zeszytą szyjką, kochana Marto, ale nie udało się, więc miałam zabieg, kochana Marto...

Marta patrzy na nią i rozumie. Niestety, z przykrością rozumie. Musi się jakoś wytłumaczyć.

– Napisałaś „miałam zabieg"...

– A co miałam napisać do ciebie? Która zdecydowałaś, że dzieci właściwie na tym świecie nie powinny się rodzić, bo jest zbyt okrutny? – Teraz Iwona przedrzeźnia Martę – „Kochana Iwonko, postanowiliśmy nie mieć dzieci, nie chcemy dokładać cierpień do bólu tego świata, trzeba być odpowiedzialnym"... Jakże cię nie lubiłam, Marto. Nie mogłam przyjechać... Leżałam wtedy z nogami do góry. Nie mogłam...

– Jak ja cię przeklinałam! – Głos Marty jest czuły. – Zabieg! Kiedy ja wszystko bym oddała... – A potem tak jakby rzucała się w głęboką wodę, pyta: – Czułaś je?

Iwona nie rozumie.

– Słucham?

Marta z naiwnością dziecka, bardzo łagodnie powtarza pytanie:

– Czułaś je? Powiedz...

– Tak... – mówi Iwona, przymyka oczy i uśmiecha się do wspomnień.

– Jak?

– Takie... bulgotanie.

– Bulgotanie?

– Tak. Bulgotanie. Przelewanie... Przewracanie... Ale głównie bulgotanie...

I Marta powtarza jak zaczarowana:

– Bulgotanie...

– Takie łaskotki...

– Łaskotki?

– Łaskotki od środka... Takie osobne... ostrożne... Takie bulgotki...

– Bulgotki...

Głos Iwony twardnieje.

– Nie udało się. – I dodaje po pauzie: – I Piotr odszedł.

– Piotra rzuciłaś! – poprawia Marta.

– Skoro odszedł, to musiałam go rzucić!

Marta jest znowu zła. Tym razem na Piotra.

– Skurwysyn.

– Marta!

Iwona ją napomina? I Marta powtarza:

– Skurwysyn, powiedziałam.

– Jakich ty słów używasz! – Śmiech w oczach Iwony to taka rzadkość!

– Przepraszam – mówi Marta i ściąga buzię w ciup. Po czym dodaje: – Normalny chuj.

– Marta?!

– Co? Myślałaś, że nie znam takich słów? Od Piotra wiem, że wtedy ty i Tomek... Piotr przyszedł do mnie, myślał, że ja coś zrobię, bo on tak – Marta z ironią kończy... – tak ciebie kocha! Skurwysyn!

– Powiedział ci? – Na twarz Iwony wypływa przykrość. – A to skurwysyn. Szkoda, że nie wiedziałam...

– Szkoda, że nie... – Marta urywa w pół zdania.

– Szkoda że? – Iwona patrzy na nią.

– Że nie wróciłaś – kończy Marta szybko, tak jakby się bała, że jej głos znowu odmówi posłuszeństwa.

– Wróciłam – szepcze Iwona.

– Wcześniej. No. Cieszę się, że wróciłaś.

– Ja też – mówi Iwona i oczy same jej się zamykają, a głowa opada na bok.

Marta bierze ją za rękę. Iwona śpi. To się teraz często zdarza.

– Iwona?

Iwona nie odpowiada, ręka jest bezwładna. Marta przykrywa ją, opuszcza wezgłowie, głaszcze ją po policzku.

– Ty chudzinko moja, cieszę się...
Za oknem powoli zapada zmrok.

NOC

Marta wsadza głowę w drzwi.
– Hej, to ja! Ja!
Iwona patrzy na nią.
– Ja sosna, ja sosna, odbiór.
Marta podchodzi do łóżka i całuje ją w policzek. Uśmiecha się.
– Prawie zapomniałam! O rany, ile to lat! Odbiór.
– To myśmy go tak załatwili. – Głos Iwony jest tak słaby, że Marta musi domyślać się znaczenia słów.
– Ależ skąd! To nasza klasa! – Przysuwa krzesło i naśladuje napuszony głos męski. – A klasy czwarte zostają w szkole i ćwiczą przygotowania do wybuchu atomowego! I uzyskają łączność z klasami pierwszymi, które będą na boisku, ha!
– I klasy czwarte będą się posługiwały radiostacją w klasie, a pierwsze na boisku, choć to maj! – Iwona próbuje mówić głośniej, ale jej to nie wychodzi.
– I ten maj popamiętają!
– I pamiętają!
– To Małolepa wymyślił hasło do łączności! Wiesz, że on teraz jest komputerowcem?
– Ty tym się różnisz od prostej, Małolepszy,

222

że prosta jest nieograniczona! Skończył studia?

– No! A wtedy aż żałowałam, że nie mogę być z wami w klasie.

– Siedzimy sztywno i wpatrujemy się w to pudło i nagle słyszymy: Ja sosna, ja sosna, głąb wzywam cię, odbiór! I ten patałach bierze to – Iwona ściąga rurkę i mówi w nią jak w mikrofon – ja głąb, ja głąb, odbiór!

– O matko, jak myśmy się śmiali!

Uśmiech schodzi z twarzy Iwony. Twarz wykrzywia się w spazmatycznym skurczu.

– Jakbyś trochę...

Marta podrywa się, czujna:

– Co mam zrobić?

– Nie wiem... Jakbyś mi podłożyła pod nogi...

Marta podnosi się natychmiast i podkłada koc pod kolana Marty.

– Nie, nie tak... Pod tę drugą. Wyżej, wyżej. – Iwona się niecierpliwi. – Nie słyszysz, o co proszę! Pod kolano... Może by mi było trochę lżej... Przepraszam...

– Proszę bardzo, do usług.

Z twarzy Iwony powoli schodzi skurcz. Stara się pokonać ból.

– Co słychać?

Ale Marta słyszy wysiłek w jej głosie.

– U nas w porządku.

– My... My – powtarza Iwona. – Zawsze liczba mnoga... – Mówi bardziej do siebie niż do Marty. – Wasze małżeństwo, wasz dom, wasz czas teraźniejszy, przeszły i przyszły... Ja w każdym czasie byłam sama...

Marta nachyla się nad nią.

– Teraz nie. Jestem.

– Teraz nie mam już czasu. – Ciało Iwony zwija się na łóżku.

– Zastrzyk?

Iwona mocno zaciska zęby.

– Nie, nie... Jeszcze nie. Jeszcze trochę...

Może Iwona wytrzyma ten ból, ale Marta go nie wytrzyma. Zrywa się na równe nogi.

– Poczekaj, zaraz zrobię.

Iwona powstrzymuje ją ruchem reki.

– Nie, jeszcze nie...Wytrzymam jeszcze... trochę... Nie, nigdzie nie chodź, proszę, nie zostawiaj mnie... Nic nie mów... Dlaczego tak się dzieje? Przecież to, że mnie boli, nie przydaje się nikomu... To nie jest w porządku... Nie jest... Potrzymaj mnie za rękę.

Marta siada i posłusznie chwyta przezroczystą dłoń Iwony. Głaszcze ją delikatnie, twarz Iwony martwieje w bólu.

– Proszę cię! Może ty wytrzymasz, ale ja nie wytrzymam! Pozwól mi zrobić ten cholerny pierdolony zastrzyk, bo nie wytrzymam! Proszę! – Głos Marty, nabrzmiały prośbą, obija się o ściany. Nad łóżkiem kilimek z wytartymi brzegami, owoce kaliny, nieudolne listki.

Iwona przytakująco kiwa głową, Marta trafia strzykawką w wenflon.

– Wytrzymaj, Iwoniu, kochana moja, wytrzymaj, spróbuj zasnąć, jutro będę u ciebie wcześniej, albo nie, zostanę tutaj. No. Zostanę. Jestem wypoczęta. Tomek napisał do Stanów, do kolegi, on coś zrobi, muszą być jakieś leki, o których nie wiemy. Może nie przetestowane, ale to się sprowadzi na lewo, musi coś być, co ci pomoże...

Iwona otwiera oczy, ale pozostają wpółprzymknięte.

– Już mi lepiej... Opowiedz mi coś... – prosi cicho.

– Co? Baję?

– Dlaczego pracujesz akurat na geriatrii?

I Marta musi się nachylić, żeby zrozumieć to zdanie.

– Dlaczego akurat na geriatrii? – powtarza niepewnie, jakby sens pytania do niej nie dotarł.

– Nigdy cię o to nie zapytałam...

Marta przenosi wzrok poza umęczoną twarz Iwony. Prostuje się.

– Wiesz, bo oni mnie potrzebują. – Marta wstydzi się, ale może musi sama sobie wytłumaczyć. – To znaczy nie mnie. Kogokolwiek. Bo to najważniejsze. Czekać. Mieć nadzieję. Najpierw strach i radość, jeszcze nie wiadomo... Ale przy końcu, kiedy już wiadomo, to wszyscy się niecierpliwią. Już? Jeszcze? Kiedy? A oni nie chcą być sami. Im już jest trudno z własnym... no wiesz, z tym wszystkim...

Iwona kiwa nieznacznie głową.

– A ty patrzysz na te twarze i widzisz... W każdym mętnym oku jest ślad zachwytu, którego już nie będzie. W każdej bruździe jest młodość. Przeszła. W każdych ustach są pocałunki, nawet jeśli... Tylko teraz nie mogą... Oni nie mogą, sami nie mogą już znieść tej powłoki, która odmawia posłuszeństwa... Ale to przecież oni. Ręce. Są niespokojne, biegają wte i wewte... A ja widzę pod tymi palcami główki dzieci, głaskane ciała. Bo ja nie chcę się bać. – Marta jest speszona, podnosi oczy i w oczach Iwony widzi łzy.

– Moje obrazy... – Iwona mówi z trudem, a w Marcie jest tylko ślad sprzeciwu, nieuchwytny, ale dlaczego ona o sobie? Marta obrusza się, a Iwona łagodnie patrzy na nią i powtarza: – Moje obrazy nigdy nie były takie, jak to, co ty tworzysz. Nigdy o nich nikt tak nie powie... jak ty o tym, co robisz... Piękno i dobro. Ja to chciałam stworzyć, ty to masz.

Teraz Marta czuje, jak nagłe wzruszenie odbiera jej głos, całuje Iwonę w policzek, Iwona zatrzymuje jej rękę. Patrzą na siebie, niebieskie w brązowym.

Marta dotyka ust Iwony.

– Boże, jaką ty masz spierzchniętą skórę? Gdzie krem?

– Tutaj. – Iwona brodą pokazuje na prawo. Na kolorowej poszwie małe pudełeczko, zagubione wśród czerwonych kwiatów.

– Poczekaj, nakremuję cię. – Marta delikatnie smaruje twarz Iwony.

– Skremujesz mnie? – Iwona ma zamknięte oczy, posłusznie poddaje się dotykowi.

– Przecież kremuję.

– Pytam, czy mnie skremujesz, jakby co.

Ucisk w gardle wraca, ale Marta uśmiecha się żałośnie.

– A mnie wyłącznie w razie śmierci, nie jakby co...

– Dziękuję...

Wzrok Iwony mętnieje, Marta odkłada krem i zaczyna ją klepać po twarzy. Mocno, coraz mocniej.

– Iwonka, Iwonka, patrz na mnie! – Dzięki Bogu, Iwona wraca. – Patrz na mnie! Przyniosę ci „Gniazdo książąt Dżawacha", pamiętasz, jak nam mama czytała, będę ci czytać, będzie jak wtedy, nie chcę twojego pierścionka! – mówi Marta gorączkowo. – Iwonka, tak nie może być, coś wymyślimy, nie odchodź, proszę, nie odchodź!

Iwona z wysiłkiem otwiera usta.

– Wiem, że wtedy za mną szłaś...

– Kiedy? – Marta jest wtopiona w oczy Iwony.

– Wtedy... Na ten cmentarz... Dlatego się nie bałam.

Marta musi siąpnąć, wierzchem dłoni ociera oczy.

– Namówiłam ich, żeby cię sprawdzić. Umierałam ze strachu o ciebie. A tak miałam cię na oku...

Usta Iwony nie chcą wypuścić dźwięku. Marta patrzy na nią w skupieniu i wreszcie słyszy cichy szept:

– Dwie dychy...

Ale Marta nie rozumie, co Iwona chce powiedzieć, więc Iwona całą swoją siłę zbiera po raz ostatni.

– Dwie dychy... Jesteś mi winna dwie dychy. – Z trudem wyciąga rękę do Marty. – Dałam dwie dychy Kotwie. Z procentami...

Marta czuje, jak ciepło w niej rozchodzi się falami od brzucha, do rąk, włosów, nawet paznokci u nóg.

– Nie pytasz o Tomka – mówi.

– Nie. Nie muszę...

Iwona gaśnie, Marta to widziała tysiące razy. Nikły płomień, który jeszcze ostatnim wysiłkiem podnosi się i drży, ale świeca się skończyła, pod spodem nie ma wosku, jest tylko metal.

– Proszę cię, proszę! – Marta zaklina, może tym razem się uda, jeszcze nie chce, żeby Anioł zdmuchnął ten płomień, choć czuje jego obecność. – Proszę, Boże, co ja mam robić? Co ja mam zrobić? – Nachyla się nad Iwoną. Jeśli ją osłoni, może tamten jej nie zauważy. Jeśli odpowiednio zaczaruje rzeczywistość. – Posłuchaj, Iwonka, chcesz, wezmę urlop, mam chyba sześć tygodni zaległego urlopu, coś razem wymyślimy, zawsze coś wymyślałyśmy, proszę, proszę... – Czuje pod powiekami przenikliwe zimno, wie, że już nie powstrzyma łez.

Iwona otwiera oczy i patrzy na Martę z miłością. Marta milknie, jest za późno, teraz tylko nie chce uronić ani słowa.

– Jestem taka zmęczona... – słowa Iwony stają się cieniutkie jak pajęcza nić – ...taka zmęczona... Nie płacz... Rzeczy ostateczne i tak się dzieją mimochodem... Zrób mi zastrzyk, jeszcze jeden... i idź już... Nie siedź już przy mnie... Pocałuj mnie... Pozwól mi odejść, siostro, pozwól mi odejść...

Spis treści